叶弥小传

叶弥,原名周洁,1964年6月生于苏州。

中国作家协会会员,中国作家协会第九届全国委员会委员,江苏省作家协会理事,苏州市作家协会副主席,江苏省作家协会首届非驻会签约专业作家,江苏省委宣传部"五个一批"重点培养人才,苏州市作协创作室非驻会专业作家。

出版有中短篇小说集《成长如蜕》《钱币的正反面》《天鹅绒》《粉红手册》《市民们》等、长篇小说《美哉少年》《风流图卷》。部分作品译至英、美、法、日、俄、德、韩等国。其作品将先锋与中国文学的现实主义传统相融合,形成自己独特的风格:关注社会底层人民的生活状态,但不沉湎于琐屑的日常生活写实,而将其融入到生命的沉浮、时代的脉搏与人性的纷繁之中。

曾连续四届(第一、第二、第三、第四届)获得江苏省"紫金山"文学奖;2011年获得首届萧红文学奖;2014年获第六届鲁迅文学奖;2017年获第十七届百花文学奖短篇小说奖等。

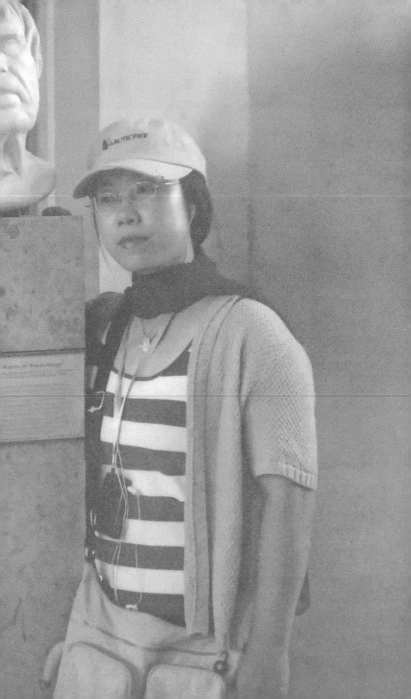

总主编 何向阳

本册主编 吴义勤

百年
中篇小说
名家经典

BAINIAN
ZHONGPIAN
XIAOSHUO
MINGJIA JINGDIAN

叶弥 著

成长如蜕

CHENG

ZHANG

RU

TUI

河南文艺出版社
·郑州·

一种文体与
一百年的民族记忆

何向阳　（丛书总主编）

　　自 20 世纪初,确切地说,自 1918 年 4 月以
鲁迅《狂人日记》为标志的第一部白话小说的
诞生伊始,新文学迄今已走过了百年的历史。
百年的历史相对于古老的中国而言算不上悠
久,但 20 世纪初到 21 世纪初这个一百年的文
化思想的变化却是翻天覆地的,而记载这翻天
覆地之巨变的,文学功莫大焉。作为一个民族
的情感、思想、心灵的记录,从小处说起的小
说,可能比之任何别的文体,或者其他样式的
主观叙述与历史追忆,都更真切真实。将这一

百年的经典小说挑选出来，放在一起，或可看到一个民族的心性的发展，而那可能被时间与事件遮盖的深层的民族心灵的密码，在这样一种系统的阅读中，也会清晰地得到揭示。

所需的仍是那份耐心。如鲁迅在近百年前对阿Q的抽丝剥茧，萧红对生死场的深观内视，这样的作家的耐心，成就了我们今天的回顾与判断，使我们——作为这一古老民族的每一个个体，都能找到那个线头，并警觉于我们的某种性格缺陷，同时也不忘我们的辉煌的来路和伟大的祖先。

来路是如此重要，以至小说除了是个人技艺的展示之外，更大一部分是它对社会人众的灵魂的素描，如果没有鲁迅，仍在阿Q精神中生活也不同程度带有阿Q相的我们，可能会失去或推迟认识自己的另一面的机会，当然，如果没有鲁迅之后的一代代作家对人的观察和省思，我们生活其中而不自知的日子也许更少苦恼但终是离麻木更近，是这些作家把先知的写下来给我们看，提示我们这是一种人生，但也还有另一种人生，不一样的，可以去尝试，可以去追寻，这是小说更重要的功能，是文学家个人通过文字传达、建构并最终必然参与到的民族思想再造的部分。

我们从这优秀者中先选取百位。他们的目光是不同的,但都是独特的。一百年,一百位作家,每位作家出版一部代表作品。百人百部百年,是今天的我们对于百年前开始的新文化运动的一份特别的纪念。

而之所以选取中篇小说这样一种文体,也是出于这个原因。

中篇小说,只是一种称谓,其篇幅介于长篇小说和短篇小说之间,长篇的体积更大,短篇好似又不足以支撑,而介于两者之间的中篇小说兼具长篇的社会学容量与短篇的技艺表达,虽然这种文体的命名只是在 20 世纪的七八十年代才明确出现,但三四十年间发展迅速,其中的优秀作品在不同时期或年份涵盖长、短篇而代表了小说甚至文学的高峰,比如路遥的《人生》、张承志的《北方的河》、莫言的《透明的红萝卜》、韩少功的《爸爸爸》、王安忆的《小鲍庄》、铁凝的《永远有多远》等等,不胜枚举。我曾在一篇言及年度小说的序文中讲到一个观点,小说是留给后来者的"考古学",

它面对的不是土层和古物，但发掘的工作更加艰巨，因为它面对的是一个民族的精神最深层的奥秘，作家这个田野考察者，交给我们的他的个人的报告，不啻是一份份关于民族心灵潜行的记录，而有一天，把这些"报告"收集起来的我们会发现，它是一份长长的报告，在报告的封面上应写着"一个民族的精神考古"。

一百年在人类历史上不过白驹过隙，何况是刚刚挣得名分的中篇小说文体——国际通用的是小说只有长、短篇之分，并无中篇的命名，而新文化运动伊始直至 70 年代早期，中篇小说的概念一直未得到强化，需要说明的是，这给我们今天的编选带来了困难，所以在新文学的现代部分以及当代部分的前半段，我们选取了篇幅较短篇稍长又不足长篇的小说，譬如鲁迅的《祝福》《孤独者》，它们的篇幅长度虽不及《阿 Q 正传》，但较之鲁迅自己的其他小说已是长的了。其他的现代时期作家的小说选取同理。所以在编选中我也曾想，命名"中篇小说名家经典"是否足以囊括，或者不如叫作"百年百人百部小说"，但如此称谓又是对短篇小说的掩埋和对长篇小说的漠视，还是点出

"中篇"为好。命名之事,本是予实之名,世间之事,也是先有实后有名,文学亦然。较之它所提供的人性含量而言,对之命名得是否妥帖则已显得不那么重要了。

值此新文化运动一百年之际,向这一百年来通过文学的表达探索民族深层精神的中国作家们致敬。因有你们的记述,这一百年留下的痕迹会有所不同。

感谢河南文艺出版社,感动我的还有他们的敬业和坚持。在出版业不免受利益驱动的今天,他们的眼光和气魄有所不同。

2017 年 5 月 29 日　郑州

目录

一

　　日本人占领吴郭城，就如德国人占领巴黎一样轻松。 除了城外零星的枪声，吴郭人关了门，熄了灯火，跟一群吃饱的鸟一样安静。 令人生畏的日本兵，走在街道的金山石上，走在木楼下面，走在眼皮子底下。

　　能走的都走了。 吴郭城的大家族文家，早在1936年日侨分批撤离吴郭市时，就开始出外避祸。 文家一门人口众多，光仆役就有十几个，分成三批人马。 一批由大儿子带队，去了上海投奔丈人，没想到大上海先沦陷了，所以一直困在了那里。 第二批由二儿子带队，投奔了西安的丈人。西安倒是一直太平的。 文老太爷，是到了1937年12月才走的，他不想走远，带了第三批人马去了吴郭的花码头镇，那里有他的祖业，田地房屋都在。

　　文老太爷走的时候，记者来采访他，问他对于时局、对于抗战，有何想法。 他指指头上柳亚子送他的呢帽，说，这是一顶帽子。

　　采访文老太爷的内容第二天见报，标题是：看时局水深火热，问抗战左顾言他。 文老太爷说，这些报人懂什么？我父亲二十几岁的帽子还在我的橱里，世上的人却死得一批又一批的了。

文老太爷一生好戴各式各样的帽子，连他的结发太太文冯志远，也不常见到他本人的真发。

吴郭的乡下也不太平，国民党和共产党的抗日武装一直在乡下各处游走，蓝湖里的水匪，除了打国军，打共产党，也打日本人。 冷不丁的，枪声就四处响起，炒蚕豆一样。

1939 年冬，吴郭城里倒是太平了，日本人年初在城里搞了阅兵式，现在贴出布告，请大家回到自己的家，便于领取"良民证"。 老太爷说，唉，国破家还在，人活着总得有家。 家才是自己的，回去吧。

他这一队人马不多，计有八人：他、大太太文冯志远、侍候他俩的夏姨、二太太吴银斗、二太太带来的丫头小菊兰、他唯一的孙子文觉、孙子的小厮阿七；还有仆人小路，学武出身，孔武有力，是兵荒马乱年代的好帮手。

本来文老太爷可以走水路的，从花码头镇一直坐到吴郭城南船运大码头，从船运大码头坐黄包车到家里，不过十几分钟。 但是他情愿从花码头镇坐轿子，一路绕行到吴郭小火车站，再坐半小时火车，行驶 20 公里，到吴郭大火车站，然后坐黄包车，40 分钟才能到家。 等于上自家的卧室，不从房门进去，却要到门外去绕个圈子，从窗户里进去。

他是狼狈而逃的，他要体体面面地回。 从这个意义上讲，不是从窗户里进去，而是劈了窗户重新做个门进去。

日本人占着城，他要让日本人看看，他，文泽黎，是吴郭城兴办教育的名流，是诗人、画家，是有地位的尊者。听说日本人在城里各处送糖果给妇女儿童吃，安抚人心。他要看看，日本人如何安抚他。他知道日本人善于学习，好奇心重，对他如此做派，他们会吃惊吧？

他兴冲冲地写了一封信，让小路先回城里交给隔壁拉黄包车的小季，让他带三辆黄包车，某日某时等候在吴郭火车站。再去通知一些他的学生、报社的人，站在车站外面欢迎。人越多越好。

在火车上，无数的人前来给文老太爷致敬。文觉一直盯着爷爷头上的灰色呢帽子，大家来打招呼的时候，全都拿掉自己的帽子放在胸前，只有爷爷一次也不曾脱帽，他那顶帽子就像他养熟的一条狗，忠心耿耿地、狗仗人势地窝在他的头上。火车停下，最后一个来探望他的人也匆匆走了。文老太爷忍不住摆阔气，说，哼哼，我每回见了市长，市长也没叫我脱帽。不管我去开什么会，从来没脱过帽子。这是我的身份。帽子，代表我的头。我的头见了市长也不用低下。

文觉说出自己的担心，爷爷呀，人家会不会以为你是个秃子？

文觉的小名叫小橘子。文老太爷说，小橘子，哈哈，我要是个秃子，也是个了不起的秃子。你看，我不谈国事，大家也都一声不吭。 只说些天气、收成、头疼脚疼……

文老太爷一行慢慢地下了火车，车站里安静得连喘息声都听不到，明明走着那么多的人，却都没有气息，像夕阳底下的一群游魂。 日本兵荷枪实弹地站着，令人胆战心惊。

出口的地方堆着一大堆东西，小山一样。 老太爷眼神不好，惊问，文觉，这是什么东西啊？

说着话，脚就碰到了小山堆，仔细一看，啊呀，都是帽子啊。 大家都在脱下帽子朝里扔呢。 文老太爷直起老腰，看着帽子堆边的两个日本兵，正想发表一些议论，说时迟，那时快，一个日本兵熟练地用刺刀一挑，把老太爷头上的帽子挑落到帽子山顶上。 文老太爷一个趔趄倒在帽子山里，手正好按在自己的帽子上，帽子滚烫，着火一样。 他气得鼻涕流到手背上，想了一想，终究没敢拿走自己的帽子，任由自己像一坨泥巴一样在帽子堆里沉下去，只擦了擦脸上的鼻涕。

文觉想，呀，爷爷的头没了。

刚才在火车上还向爷爷致敬的一些人，看见这一幕，赶紧扔下帽子，加快步子从爷爷身边跑过去了。

文觉哭起来。

文老太爷与孙子有感应，在帽子堆里对孙子说，哭吧哭吧，爷爷的头没啦。 唉，我早就料到，国破，家也亡，项上人头也是保不住的。

大太太文冯志远轻声说，你料到个屁啊！

大家一言不发，搀扶着老太爷走出火车站，他几个学生苦瓜一样静悄悄地待在门外，见此情景，抢着上来扶。文老太爷努力睁开眼睛，打起精神，说出一句话：

时间给予一切，时间拿走一切。

时间到了1948年冬季了，文觉代表他爷爷，以知识界的代表身份，参加吴郭市工委书记老方开的会议，商量迎接解放大军进城的事。文觉站起来一字一句地说，方静川书记啊，我代表我爷爷问你一件事，解放了，我们是不是可以自由地戴各种各样的帽子？

大家全都在笑。老方说，小橘子，你家老太爷帽子的故事谁人不知谁人不晓？我也有个疑问，自从日本人不许他戴帽子以后，他就真的不戴了？一次也没戴过？

文觉老实回答，真的。但是他买了许多帽子，放在他的屋子里看。

老方说，这个，我们知道的。我们还知道他后来买了五十多顶帽子，但是从来不戴……这就是知识分子的软弱，要是我们，早就用硬碰硬的方式去争取人民的权利了。

文觉听老方"我们你们"地评说，心里很不是滋味，噘起嘴，头颈一梗，眼睛斜着看地上，想，以前你和你们也来过我家里，还不是追着我们的爷爷叫老师？可我们的爷爷根本就忘了什么时候教过你。文觉傲气地站起来说，不客气了，我可要走了。再请问方书记一声，从今后，我们是不是可以自由地戴各式各样的帽子？

老方说，当然可以，除了绿帽子，都可以戴。

大家又笑起来。这次是全体爆笑，屋顶上的鸟瞬间齐飞。

文觉回到家，先到大太太房里。一进去就放平脑袋，对着墙撞了一下，把自己撞得跌在地上。正要再撞，夏姨已经把一块厚垫子伸过来，护着他的脑袋了。大太太文冯志远虽说缠过小脚，但也读过女学，见过世面。先是参加了"放足会"，辛亥革命后，她又跟着王谢长达闹革命，是吴郭女子北伐队里最小的一个。她一动不动地坐在太师椅上缝衣服，说，再撞一下，看看是你的头结实还是墙结实？

文觉听言又撞一下，把头撞破出血了。大太太还是一动不动地缝衣服。他流下眼泪说，我撞死了你就没孙子了。

大太太说，人都是为自己活的，哪有为别人活的道理？

文觉一想，对啊，老方说知识分子软弱无能，他又没说我软弱无能，我为什么要这么不开心？

于是他去找爷爷了，幸灾乐祸地对爷爷说，新社会了，你以后除了绿帽子，别的都能戴——不是我说的，是方书记说的。

老太爷一个人在那儿想着，说，哦，哦，这句话大有问题……

一想，真的想出问题来了，便把他的女人一个一个叫到面前来。

　　二战结束，他的大儿子最终定居在上海。 小儿子带着夫人和两个女儿从西安回到吴郭，分了一半的房屋另立门户。文觉不愿去上海与父母姐妹团圆，宁愿跟着爷爷过。 他们这一家差不多还是那些人，老太爷，大太太文冯志远、夏姨、二太太吴银斗、二太太的丫头小菊兰、文觉的小厮阿七、仆人小路。 后来增加了厨师金水根和他的老婆，男的烧菜，女人打下手和打扫屋子。

　　老太爷叫人进来的顺序是从小到大。

　　先是小菊兰。 小菊兰来到面前，他直截了当地问她，你最近是不是想嫁人了？

　　小菊兰不上他的当，但她近来确实想嫁人，想得厉害，听他这一问，问出一肚子鸟气，拍着手嘶叫，我想嫁人？ 你才想嫁人呢！

　　老太爷指着地上，声音低低地说，放肆了吧？ 跪下。

　　小菊兰跪下就哭，说，嫁人嫁人，你诬赖好人。 我什么时候有过这个心？

　　爷爷说，我要是你，我就想找人。

　　小菊兰气鼓鼓地说，找谁呀？

　　老太爷体贴地说，譬如小路，你们俩很配的。

　　小菊兰叩了一个头，站起来拍拍衣裳说，放心放心，我这辈子生是你家的人，死是你家的鬼，坚决不会嫁男人的。

　　老太爷说，难为你这么坚决，我选个日子收了你，好吧？

小菊兰不服气，说，我倒不怕二位太太不同意，我怕的是你老人家的功夫老早就荒废了。要是你啃不动我，还请你不要点我这把火。

说完，左手跷起兰花指，虚搭在胸前，昂头朝天，扬长而去，全不顾老太爷气得浑身发抖。一出老太爷门外，她就骨头轻起来，踮着个脚，摇头晃脑，嘴里唱着个小曲。小路突然从路边冒出来，雾里看花一样眯眼看着她的做派，问，姐姐高兴什么啊？小菊兰一开口，操着京腔说，高兴啊，和您有关的，能不高兴吗？

小路傻傻地笑出声来。

第二个来老太爷屋里的是夏姨。

夏姨是太太文冯志远的一个远亲，会写字，会读报，年轻轻地刚过门，丈夫就死了，男家不要她，娘家也不要她，她只好投奔了文家。不算仆人，也不算主子。要侍候老太爷和大太太上床起床，她偶尔发号施令时，别人也得听她的。

她一站在老太爷的面前，老太爷就觉得屋子里立刻冷了好几度。她端端正正地双腿并拢，看见脚底下正好踩着一片阳光，就挪了一下，挪到没阳光的地方站着；然后双手交叉放在胸前，威严地看着老太爷，就像看着一个孩子一样。

小菊兰显然没有给她透露什么信息。

老太爷看着她，硬着头皮问道，你有没有背着我们偷人？

　　夏姨不苟言笑，嘴唇就跟白松皮一样，一年到头干燥得紧绷着的，听老太爷这么问，她不觉得可笑，只觉得心里有什么东西被这句问话问破了，猝不及防地笑了半声，两颊潮红起来，低下羞答答的眼神说，太太说了，我是……你们的人。

　　老太爷说，哦哦，哦……我放心了。你是徐娘半老哟，我有点不配你。我看你和拉黄包车的小季挺配，他死了老婆，正想讨个新的。要是明媒正娶，你也不算给我戴绿帽子。要不我去和他说？

　　夏姨脸色一冷，抬起头强硬地说，我找小季说话，也是为了你要用车，用完了车我去付账。给他家拿去的刀切馒头、白枣子、柿饼，是大太太让我送的。

　　老太爷与她两眼一碰，好的，夏姨的眼睛还是平常模样，冷漠干涩，他放心了。虽说他并不喜欢她，但在她身上的主权还是要维护的。于是老太爷说，把你衣服脱下来，让我看看你。你在外面老说是我家的人，可是我从来没碰过你。

　　他话音刚落，夏姨就软瘫在地，静悄悄地连喘息声也没有，不说脱，也不说不脱。

　　老太爷没办法，只好说，好好，我看你是个贞节的人，小菊兰才是个厚脸皮的东西。

　　她……

　　不知哪里传来一声爆炸声。新政府刚成立，国民党特务经常搞点破坏，时不时地这儿爆炸，那儿着火。 夏姨趁老太爷发愣，扭身跑了。

第三位来的是二太太吴银斗，一身白衣裤，未语脸先笑。

老太爷拉过她的手说，来，坐我腿上，当年听你唱《思凡下山》，一眼就看上了你。 在你唱得正好时，把你娶来金屋藏娇，这么多年难为你了，你的才华浪费了。

二太太说，嗬，你们一家都是好人，我也没受委屈。 话说回来，让我受委屈也不行。 今天，我和你说吧，你也不用问东问西羞人答答，你干脆拿个烙铁在我身上烙个你的印记吧。

老太爷慢悠悠地说，好的，你就等着。

老太爷放了她的手，两个人脸对脸僵持，二太太始终笑着，晃着身子。 老太爷神情木然，纹丝不动，就像案上放着的那盅碗莲。

过了片刻，老太爷有些生气了，喊叫着说，家里最不让我放心的就是你。 你心高气傲，不是一盏省油的灯。 我早就知道你对方静川有好感，恨不得倒贴上去。 他一来，你的脸就开出太阳来。

二太太也不说话，笑靥如花，从老太爷大腿上站起身，对着老太爷双手一摊，合起来用劲一拍，拍完双手又一摊。

老太爷摇头说，罢了，你的手势我不懂，但我还是向你认个错。 你去把大太太叫来吧。

大太太过了好长一阵才来的，她也是笑容满面的，但她的笑和二太太的不一样，她的笑是娇宠着老太爷的。她说，夏姨在我屋里哭得伤心哪，说她过得不明不白，不知道是谁的人，死了也不知埋在哪块地里。

她一头说，一头给老太爷掖好松开的被角，老太爷一脸愠色，手上拿着文震亨的《长物志》，也不理会她的话，用书拍着床沿说，你怎么才来？你在干什么？你在轧姘头吗？

大太太说，今天不是吴郭大学派同学上门来收你的语录吗？还有《吴郭报》来问问你对于新中国有何期望。我都对他们说了些场面话，挑不出毛病。

老太爷说，你说谎，你在轧姘头。

大太太说，好，好，你说我轧姘头，我就轧姘头。

老太爷问，你和谁轧？

大太太想了一想说，和，和……金水根吧。

老太爷说，不行，他配不上你，他烧的菜那么难吃。我要是捉你和他的奸，会被人笑死。

大太太说，那就阿七吧。

老太爷说，不行，他太小了。

大太太说，那和谁呢？我想不出来了。……和小路吧？

老太爷说，小路和小菊兰有一腿，我一定要破了他们两个的奸情。

大太太说，别说了，那就小季吧。

老太爷说，小季？ 他和夏姨有一腿……难道你也看上了他？

大太太说，那你说我和谁通奸吧？ 他娘的，你说谁就是谁了。

老太爷指着她的鼻子说，和日本人，你和日本人通奸。你是被逼的，你是为了活命只好忍气吞声，咽下不得不咽的气……你放心，我替你报仇。 不过我要先捉奸，你放心，我捉到了马上原谅你，谁叫我爱你！ 我只把日本人打死。 打死日本人！

他脸色涨得通红，眼里冒出火花来，一下子蹦起来，站在被子上，头顶着蚊帐，高呼，打死日本人！ 打死日本人！

说着，一头栽倒在床上，口角流涎，四肢颤抖，不能说话。 大太太悲伤地趴在他身边，对他说，我的亲人，你等了快十年，终于等到了今天，你好解脱了吧！

老太爷看着她，面露喜色，微微点头，指一指橱柜。

大太太说，我懂我懂。

说完就去橱里拿出一顶帽子给他戴上。 这顶帽子有来历，这就是他当年被日本人挑落的帽子，后来托了人去拿回来的，这么多年它从来不露面。

老太爷弥留之际，正是解放大军举行进城仪式的那一天。 即便如此，吴郭大学和《吴郭报》还是派人上门探视。文觉这天不在家，他一早就代表爷爷去欢迎解放军进城了。

时至今日，吴郭大学的档案部还封存着老太爷文泽黎弥留之际在纸上写下的歪歪斜斜的几行字：

一、一屋子白蝴蝶。

二、小丑。

三、偏见、迷信、害怕。

文老太爷临死前回光返照，他看着一屋子准备听他遗言的听众，说了一句意义完整、情绪正常的话：

小橘子呢？

二

小橘子近来很忙。

他读书读得早，去年大学毕业，分配到《吴郭青年日报》，今年就被大家推举为迎军代表，这种待遇明显有他爷爷和家族的面子。 后来他又受吴郭大学邀请，代表他爷爷参加教育界迎大军行列。

他对阿七说，爷爷简直是个精神病，话都不能讲了，还忙着要捉奸。 奶奶又不肯抛头露面。 家里没个在外面的说话人。 现在，我就是了，我代表家族发话。

老太爷死的时候，头上戴着帽子。 大太太一边给他整理帽檐一边说，唉，我就搞不清楚，帽子就像你的魂一样。 小橘子这时正在帽子店里，为了一顶帽子的颜色和店老板胡搅蛮缠。 家里人找到了他，告诉他爷爷的临终遗言。 他说，我爷爷是个悲剧。 帽子店的老板快嘴快舌地说，文老太爷哪里是悲剧，他就是个喜剧。

文觉转头问帽子店老板，当悲剧好，还是喜剧好？

店老板狠巴巴地说，宁要人嫌，不要人怜。 当悲剧不如当喜剧。 最好是正剧，金榜题名、红烛高照、衣锦还乡、前呼后拥。 再不济，当个底层人，也得有血性，叫人怕三分。

文觉要定做一顶时尚的霍姆堡毡帽，还要绿色的。 爷爷那么多的帽子中，没有一顶是绿色的。 当然全吴郭也没有男人戴绿帽子的，全中国恐怕也没有。 绿帽子，只在舆论里有，复活在人们的嘴巴上，虽然子虚乌有，其实无比沉重。文觉现在要挑战世俗世界，为新的世界送上一份大礼。

没有店家愿意给他做一顶绿帽子。

他口若悬河地给店家说他的大道理，再把他的大道理写成一篇文章放在《吴郭青年日报》上，居然赢得吴郭的弄潮儿一片叫好声。 文章大意是说，解放了，必须打碎旧时代的镣铐，破除旧思想的束缚，人是自由的，天地是民主的。 在新的社会里，年轻人天马行空，有思想的自由，一切为着破除旧思想、旧习俗的行为都可以尝试。

最后，帽子店好不容易给他从上海定做了一顶霍姆堡式的毡帽，水绿色法兰绒，前面束了一根深绿色宽缎带。

他从家里出来，戴着绿帽子，深绿的缎带迎风飘拂，好不凉爽自在。 一路走向大东门解放军举行进城仪式的地方，只有阿七跟在他后面，嘴里还夸着小主人，效果太好啦，效果简直是……后来阿七适时地不见了，文觉的绿帽子后面跟了无数激动的陌生人，绵延数里，声势浩大，滚雪球一般，人越来越多。 多到后来，就如满天蝗虫一般，熙熙攘攘地开到了庆祝会场上。 解放军还没开进来，他伸长了头颈东张西望一番，忽地身子一低，脚底一滑，溜进去站在欢迎队伍的前面了。 阿七这时候又适时地出现在他旁边，嘴里还在说，效果好，太好了……

疯狂的追逐者还在后面朝文觉这边挤，奈何挤不进，发出一片嗡嗡的声音：绿帽子，绿帽子，看看绿帽子……

老方往后面的人群看了一眼，转脸对他说，小伙子，你把半个城市都惊动了。

文觉吃了一惊，老方的眼睛里有股子说不出的凌厉。 他把帽子默默地脱下来，藏在怀里。 一会儿，满世界红旗飘飘、锣鼓喧天、鞭炮齐鸣，夹杂着庆贺的枪声。 老方站在高高的台子上，身轻气定、红光满面，神仙一样的风采。

文觉回去的路上，垂头丧气，走过城隍庙，进去看了看城隍老爷，在他面前说了点什么。 出来对阿七说，方书记看见我戴绿帽子，气得眼睛都瞪出来了。 我刚才对城隍老爷说，姓方的不是个好东西，让城隍老爷惩罚他。 阿七说，他是你爷爷的学生，他惹你生气，神也不容他。 他说绿帽子不能戴，咱们就戴给他看。 文觉说，你虽是个蠢货，但有时候说的话是有道理的。 我现在想想，戴绿帽子确实也是跟姓方的赌个气。 气是赌过了，挺过瘾，但接下来怎么办？ 我这个小橘子还没红呢，还是青的……方书记是我们的人民公仆，他要是不待见我，那我就得一辈子做一个青橘子。

但老方没生文觉的气，或者生过气后马上消了气。过了几天，他让秘书送给文觉一顶帽子，是红帽子，一顶紫红的毛线编织的鸭舌帽。秘书说，这是毛线编织社的女工送给方书记的礼物，方书记转送给他，并且写了一张纸条，上面写着：

进步，进步，再进步。

文觉认为也该给方书记写点什么回礼，于是他也写了一张纸条，让方书记的秘书转交。纸条上写着：

方书记，城隍老爷保佑你！

虽说天气已热，过了戴毛线帽的季节，文觉还是戴上这顶红帽子出去招摇了一阵。大街上走了片刻，然后去茶馆喝了一会儿茶。吴郭城的人民马上把红帽子的事传开了，他的绿帽子在这当口理所当然地又被大家传说了一遍。

广播电台、报纸都报道了这件事，从绿帽子到红帽子，连学校的老师都给孩子们当作故事一样讲述。

事件扩散得很快，文觉就去和大太太，或者叫老太太商量，自己该如何面对这顶热乎乎的红帽子。他挥舞着红帽子说，除了老早就参加革命的，吴郭知识界，哪一个都没有我现在这样红火。

老太太问，红火了干啥呢？

文觉说，你是真不懂还是假不懂？你就说爷爷吧，他为啥后来一直疯疯癫癫的?

老太太啥也不说,从枕头下面拿出一方白绢,上面青线绣着六个字:偏见、迷信、害怕。

文觉推开老太太的手说,你们都说这是爷爷给我的遗言,我怎么觉得这是给他自己定制的呢?

老太太说,啊呀,你被阿七这个江北小孩影响坏了。你不像个大人家子弟,倒像街口那个卖糖粥的,油腔滑调没正经。你到底要不要?

文觉说,不要,我要走自己的路。你看,新的时代来了,一切都是新的,你们的老皇历没用了。你也不要看不起阿七和街口卖糖粥的,不错,他们没有进过学堂,但他们有的是生活的智慧。

老太太撇撇嘴说,好啊,你有什么问题,就去问他们吧,我不管你了。我这个岁数就是安心等上帝把我招去,什么样的时代都和我无关。

文觉说,你们都信上帝,你们看见过上帝吗?相信一样从没见过的东西,是不是愚蠢?

老太太说,世上许多好东西,都是看不见的。

文觉对阿七说,哈哈,老太太输了。

阿七笑嘻嘻地问,输在哪块儿啊?

文觉摸摸阿七肉乎乎的鼻子尖说,喏,我现在向你讨教帽子的事,就是她输了。

阿七说,帽子?哈,我知道,就是市长给你的红帽子。

这好办，咱们在家门口搭个彩棚，放几挂大鞭炮，轰十几二十个大炮仗，把红帽子供起来，让人参观。一来讨口彩，以后要平步青云；二来咱们也表示支持新社会不是？

文觉说，这个主意合我心意。进步，进步，再进步。我们眼看着就要成为主宰世界的人了。阿七，你去告诉街口那个卖糖粥的，叫他逢人就说我这里供了市长的红帽子，叫大家来看看。

过了半天，文家大门口的八字墙边搭起了彩棚，随着鞭炮碎屑在地上弹跳、炮仗在天空中绽响，各行各业来参观的人络绎不绝，无一例外地表达羡慕之情、赞美之情，文家大门口洋溢着阳光、坦率、上进的气氛。文觉拿了厨房师傅金水根用的板凳坐在门口，戴着金水根用的草帽，手里摇着金水根老婆用的蒲扇，红光满面，朴实敦厚，乍一看就像金水根生出来的小孩。老太太嫌吵闹，带着夏姨去了花码头镇。

这天下午，太阳快落山了，一个中年男人急匆匆地跑进来，把红帽子看了又看，看完给帽子作了一个揖，过来对文觉说，文长官，请借一步说话。

说完，也不管文觉愿不愿意借一步说话，拉着文觉的袖子，把他拉到角落里，问，你脑子正常吧？

文觉答，正常。

男人问，有什么可以证明的？

文觉说，我爷爷他们，从来也没有说过我智商有问题呀。

这中年男人拉拉文觉的手说，那就好。我叫唐家龙，利华丝织厂的维修工，工人阶级。我早就听说你的大名了，虽然你小小年纪，做起事来却了不得的。今天上门借着看帽子的机会看看你，果然是一表人才，是共产党依靠的力量。但是，街口那个卖糖粥的老头子，怎么说你脑子不正常？

文觉甩开他的手说，唐家龙，天要晚了，我忙了一整天，人来人往，你是国民党派来扰乱人心的吧？

正说着，头顶上飞过一架国民党的飞机，连机身都看得清清楚楚，飞过之处，天空上就飘落下来无数的传单。

唐家龙抄起一个石子儿，跳起来，叫喊着，作势要朝飞机砸去。跳了一阵，飞机飞远了，他把石子儿重新放回原来的地方，说，这是浙江那边机场飞过来的，那边的机场还在国民党手里。报上说，国民党亡我之心不死，真正是的。说完重新拉起文觉的手说，你看，你嘴巴太"仙"了，就是一个大人物啊，天上的星辰降在人间。你说什么，什么就会到你跟前。走，我家不远。你上我家里去，我给你看一样宝贝。我敢保证你出娘胎没见过这么好的宝贝。

文觉被唐家龙一路拉着，一路问，什么宝贝？到底什么稀奇宝贝啊？

唐家龙就是不说，只是努着嘴笑，死活把他拉到了家里。

进了家门，把他领到西边一个小房间门口，叫一声，唐糖，有客人来看你啦。

　　粉红布帘一挑，房里应声走出一个人，文觉就像见了太阳似的，眼睛一花，脚步朝后一滑。唐家龙看着文觉笑说道，是吧，是一样好宝贝吧？我没说错吧，文长官？

　　文觉马上给唐家龙鞠了一躬，说，不要叫我长官，叫我小橘子好了。我的小名叫小橘子，家里人都这么叫我的。

　　出来的是个大姑娘，一根乌黑沉重的大发辫绕在头上，看上去像年历上那些上海滩大明星。不同的是脸上没化妆，白的肌肤、粉红脸晕、黑色长睫毛，全是天然无粉饰的。大姑娘听了文觉的话，嫣然一笑，露出珍珠一样的牙齿，笑容浮在双颊上，像糖一样甜。

　　唐家龙说，我只有这样宝贝，从小娇生惯养。养在深闺里，一般不给人看见。所以才有好皮肤、好血气。上个星期她不听我的话，去了一趟公园看荷花，回来媒人踏破门槛，夜里都有小年轻扒在后窗上偷看，还送给她一个荣誉，说她是吴郭第一美。后来我报了警，家里才清静下来。

　　唐家住在三状元弄，单门独户的一个小院落，白墙、黛瓦、花窗，前后的院子，地面上铺设着镶图小青砖。前后院子，各有一口老井，青石井圈，后院井边长着喜阴的老石榴树，开着红花，傍了一块瘦、漏、透的太湖石。前院的老井边长了一棵喜阳的大牡丹花，花期已过，但枝头还有两朵绯红的花开着。唐家龙说，这两朵花，就是你们俩。花树边上放着一副白色金山石桌和石凳，石桌边的围墙上，爬了一架凌霄花。

文觉和唐糖相见恨晚，就在院前院后走，走了无数遭。文觉发现，来这里短短几个小时，就比自己生活了十八年的文家还要熟悉。

文觉在唐家吃了晚饭，到了夜里九点钟，整条街道都入睡了，他还在月光下和唐糖说话。现在说得很深了，不知不觉就说到了一些隐秘的事，譬如灵魂啊，投胎啊……

唐糖问文觉，如果让他重新投胎，他想做个什么样的人？文觉说，做一个征战沙场的大将军，为国立功。唐糖敏感地说，你从小跟着爷爷奶奶过，这是你奶奶教你的吧？我们都知道你爷爷是个软柿子。文觉说，当然，我爷爷……我想起他，心里会痛，他好像靠着帽子生活的。我奶奶年轻时是强硬的，后来局势总在变化，力不从心了，就退回到家庭，人也柔软下来。我和他们不一样，我想跟上时代，做一个强者。你知道的，我家先祖是个读书人，明初从塘沽来到吴郭投亲靠友，没做成一官半职，顺应形势，带人到家乡贩盐给吴郭人，后来发家了，有了钱，后辈们才读书的读书、做官的做官。开枝散叶，门庭光耀。文君也曾当垆卖酒呢。先祖要是食古不化，吴郭也就没有我们这个大姓了。开弓没有回头箭，我们这种家庭，如果跟不上时代，就是没毛的凤凰不如鸡。

唐糖又笑起来。她总是在笑，文觉对她说，你一笑，世界就开始流出糖浆。

说完，文觉把手探进她的腋窝抓了一把，奇怪得很，她不怕痒，也不想装出怕痒的样子。 文觉悻悻地问她，你说说你下辈子投胎想做什么？ 唐糖笑了一声说，天太晚了，你快回去吧。

唐糖破例夜晚出门，把文觉送到了巷子口。

回过身来，见到父亲站在身后，吓了一跳。 唐家龙说，我不放心，你们说到这么晚，怕他白占你便宜……都说些啥呢？ 我听见你们说投胎什么的。

唐糖说，他问我下辈子投胎做什么，我可没和他去说。

唐家龙好奇地问，那你下辈子想投胎做什么？

唐糖说，下辈子投到一个不管我的家庭里，我想做什么就做什么。

唐家龙说，你结了婚，想做什么就做什么，有你当家人管，和我无关。 但是现在还得我管。 给你找到文家小少爷，算你运气。 人家前途无量，不信走着瞧吧。

果然，这年的国庆节前，市里提拔了一批干部，文觉榜上有名，小小年纪升为《吴郭青年日报》副主编。 于是他把方书记写给他的"进步，进步，再进步"的纸条裱了装框，挂在他办公桌后的墙上。

十月五号的游园庆祝晚会，唐家龙放女儿与文觉一起去看烟花。 唐糖回来就和父亲说，他们想结婚了，明年春上办喜酒。 她比文觉大一岁，明年她二十，文觉十九。 吴郭有儿歌这样唱：小橘子戴绿帽子，市长送他个红帽子。 红帽子，好帽子，升官发财靠帽子。 想恋爱，想结婚，一齐戴戴红帽子。

文觉结婚那天，收到无数的帽子，算上爷爷给他留下的帽子，有了七八十顶。他特意腾出一间小屋子存放它们。它们分别属于三到四个时代，它们混在一起的气味，杂七杂八，是一份粗制滥造的时间鸡尾酒。

他俩在文家院子里办的喜酒，方书记也派人送了一份珍贵礼物，一套第一版的《毛泽东选集》。双方的亲戚朋友同事，加起来办了八桌，大家推杯换盏，忽站忽坐，说的，唱的，朗诵的，都有。

酒席上有一个不合群的人，不大喝酒，不大吃菜，也不与任何人说话，低着头摸自己口袋里的花生米吃，阴沉着脸，心事重重，不像参加婚礼，倒像来参加葬礼的。他引起大家注意了，因为他穿着军装——海军军装。他的帽子端端正正地戴在头上。

文觉指着这个人的后脑勺问唐糖，她含糊地说，一个亲戚吧……

文觉就去给丈人点了一支烟，说，阿爸，今天高兴吧？唐家龙说，哪能不高兴？我差不多就要醉倒了。文觉朝那位海军努努嘴，说，这位是谁？唐家龙高采烈地说，这位是唐糖的小学同学。他一直对我们家唐糖有好感，以前老来我家坐坐，送点礼物，也不过是一只鸡两个南瓜之类的东西。后来参军了，就不大看得见他了。你看他衣服上啥也没有，是个小兵。和你没的比。我去跟他喝酒，让他也醉一醉。

文觉说，告诉你，你女儿敢给我戴绿帽子，我毁了她的容，让她做吴郭第一丑。

唐家龙说，哎呀，没想到你也说得出这种话。阿七，阿七，你过来。是你教唆你家主人……

阿七说，他哪用得着我教唆？他是个了不起的大人物，谁欺负他都是自讨没趣。

文觉也不说话，上去就把那海军头上的帽子扫落在地。那海军跳起来捡起帽子，指着文觉说，你打掉军帽，你犯错误了，这个错误不小的。你走着瞧，有你好果子吃。

文觉说，小兵的帽子，值什么钱？

海军说，我只要告你，你就得坐牢。

文觉说，在吴郭这里，我是地头蛇。你算老几？

海军说，当然在这里我不如你，但是在部队的大熔炉里，我是有光明前途的，不信你走着瞧，看以后是你级别高还是我级别高。

文觉说，打个赌。

海军说，赌。

文觉说，赌吃一盆狗屎。

海军说，就这么说定了。

这时候，大家就拥上来劝海军，算了吧算了吧，不就是打落你一顶帽子而已，又没打伤你的人，犯不着让新郎官难做人。

唐糖站在那里，冷眼看着。 海军回过身，郑重地给她敬了一个礼，戴上帽子走了，走到门口时，又回过身来看了唐糖一眼。 他一走，唐糖就过来挽着文觉的胳膊，笑着悄悄地开玩笑，哟，你打落了人家的帽子，好威风！ 你是戴不到海军帽子才生气的吧？

文觉瞪她一眼，一把推开她。

深夜里，闹洞房的也走了，屋子里只有文觉和唐糖，红烛高照，寂静无声。

阿七在院子里喊叫，这里有大蟋蟀啊！

文觉一听就走了。 唐糖在他身后喊，洞房花烛夜，哪有被用人一喊就走的？

文觉一夜没回来，他和阿七先是在院子里捉蟋蟀，后来伙了隔壁拉黄包车小季的儿子，一起出去捉蟋蟀，捉到了护城河外边，看看天快亮了，才想起要回家。

文觉说，这一夜过得好，大自然清新可爱。 回家之前，我还在地上躺一会儿，在美丽的风景里想一想以后怎么过，不当悲剧，不当喜剧，要当正剧。

说着他就躺了下来，一分钟还不到，他打起了呼噜。 阿七对小季的儿子说，我家少爷，就是这么一个人，得过且过，什么事不朝心里去。 你看好了，他是有福的。 将来怎么过不需要想，逢凶化吉。

唐糖一夜没睡，一边绣花，一边等他。 文觉不是走进去的，是一脚踢进去的，飞起一脚先把门踢开，连人带风一齐蹿进屋里。 唐糖坐着递给他一把剪刀说，你杀了我吧。

文觉抢过剪刀说，哼，捉了一夜蟋蟀，把我捉得头晕了，没有力气杀你。

唐糖说，一个男同学过来喝个喜酒，就把你气得这样。你不是要移风易俗吗？ 你不是连绿帽子都敢戴出去张扬吗？可见你的行为是假的，只是想拿绿帽子换红帽子。

文觉说，就是假的又怎样？ 我们看将来。

唐糖说，你说过的，你爷爷靠帽子生活。 你靠什么生活？

文觉想了又想，说，我没想过这个问题，等我想好了，再告诉你。 那么请问你，你靠什么生活？

唐糖说，新中国我们翻身做主人，妇女翻身得解放，我要靠自己的劳动，实现我的人生价值。

文觉取笑她，嗬，嗬，你的人生价值是什么呢？

第二天，报社来了一个女干部，直接来找文觉，说，有现役海军何健夫把你告到方书记那里，说你打落军帽。 你从今天起开始在家写检查，群众大会上读，什么时候大家通过了，你再重新回来工作。 副总编这顶帽子就脱下来吧，以后再说，这个小鬼——这句话不是我说的，是方书记原话。

文觉愣了片刻，斩钉截铁地说，你告诉方书记，我错了。 检查，我写。 写多少遍都行，只求大家不要把我打入冷宫坐冷板凳。

女干部严肃地点了点头，她瞧瞧文觉吓得焦黄的脸，捂住嘴笑起来。

文觉想，不好，她笑话我了。

三

文觉不想当笑话，一个人成了笑话，不是喜剧，就是悲剧。 一个男人，不能被人笑话，不能让人可怜。

马路对面有个人朝他这边喊，喂，报社，开表彰会，怎么一个人也不来开会？

文觉推开窗户回话，领导全到炼钢一线去啦！

这人说，哦，文老师，那就你来吧。

夏天的蜘蛛网结得飞快，一只毛腿大蜘蛛从他身后的大茶树上降落下来，掉在报社的铁栏院门上，竹针一样左右穿梭起来。 一个多小时后，文觉从市政府大院回到报社，一开院子的门，结成的蛛网粘了他一脑袋。 他别出心裁地想，哼哼，拿蜘蛛网做个帽子可是时髦的一件事！ 用竹篾编成帽子骨架，放在室外蜘蛛出没的地方，蜘蛛在上面缠绕结网，大概两天就成了吧？

看门人问他，文老师，你为什么这么高兴？

他说，哼哼，刚才我把方静川整得脸都发白了。

看门人头一缩不见了。

文觉刚才去市政府礼堂开新闻表彰会议，在礼堂门口碰到了老方，老方对他说，文觉啊，这么多年来，你好像一点进步也没有。 文觉说，多谢你惦记！ 这么多年来，你不是也没升官，还是我们的书记。

老方边上的一个人怒冲冲地说，是谁叫他来开会的? 谁?

文觉九年前被老方削职检查，后来检查通过了，他却一直没有官复原职，老方好像忘了他这个人。

他拿掉头上的蛛网，走进办公室，把老方的字从墙上取下。 这幅字挂了九年了，进步，进步，再进步！ 进步个屁。 男人没有社会上的地位，鬼都不知道你进步要图个啥。他说。

办公室里还有一位女同志，女同志抬起头问他，你为什么骂方书记是个屁?

文觉说，人，都是一个屁，活着是一口气，死了就是一个屁。

女同志说，你太唯心主义了。 就是屁，也有本质上的不同。 我老家的人常说，地主老财吃的是鱼肉，放的屁就是荤屁; 穷人苦人吃的是清汤淡菜，放的是素屁; 修行的人只喝露水，放的是清屁。 我问问你，你想放什么屁?

文觉认真想了想，说，爱吃鱼肉，是人的天性，谁喜欢成天吃清汤淡菜? 露水? 别谈了——我就放荤屁吧。

女同志一下子笑得前仰后合，指着他说，你这么老实啊? 你太老实了，难怪你昙花一现，这么多年默默无闻。

文觉说，你认识我吗? 你叫什么名字?

女同志说，我不告诉你。 哈哈，我来了三天了，你正眼都没瞧过我。 你娶的是吴郭第一美人，所以对女同志都不拿正眼瞧。

文觉想起三天前，这个女同志是总编陪着进来的，不声不响地老是坐着，总是在笔记本上记着什么。 他仔细看了她一眼，三十几岁模样，肤黑皮糙，穿得很朴素，裤子膝盖上打了一个补丁，只有一头乌油油的短黑发很出众，水波一样地晃。

文觉对她说，去，给我拿一瓶热水来。

女人把文觉上下左右打量一番，清脆地说，你也有两只手，不会自己去拿?

文觉听她这么一说，觉得她是有道理的，就去传达室拿了一个热水瓶。 回来时，那女人还在笔记本上记着什么，听到他进来，头也不抬地说，剥削阶级家庭出来的人，就是和我们劳动人民不一样。

文觉问她，你是和我说话吗?

女人抬起头，又把他上下审视一番。 文觉说，你老是看我裤裆干什么? 女人赶紧又朝笔记本上记下什么。 文觉见她行动古怪，潜到她身后，一把抢过笔记本看了一眼，只见最后一行写着：文言谈粗俗，说……

文觉放下笔记本，回到自己的位子上坐下，泡上一杯水，呷了一口，说，你记这个? 好没意思。 你是哪条线上派来的? 我喜欢胡说八道，报社的人都知道。 再说我是真的不怕老方，你告到哪里都没用。

女人把最后一页撕下来扔进废纸篓里，笑着说，我是瞎写呢，练练字而已，你不要多心。 我要回去了，我知道你家和我家是一个方向的，我真心诚意地邀请你与我同行，好吗？

文觉想，这位女同志不坏，性格大方，思维敏捷，喜欢说笑，有点趣味，头发也长得好，同行就同行吧。

文觉结婚快九年了，还是第一次与女同志并肩同行。 虽说他不喜欢她膝盖上的补丁，但人家也是个清清白白的女子，更有肩上乌发水波一样地摇晃。 两个人一路走，一路说说笑笑。 这女同志叫马爱思，父母在吴郭，她才从外地调回父母身边。 二十九岁，尚未结婚。

马爱思说，我还是想问问你，为什么要骂方书记？

文觉说，他毁了我的梦想。

马爱思这次没笑，侧过脸，专注地盯了文觉一眼。 文觉说，别这么看我好吧？ 难道你又要朝笔记本上记了？

马爱思从包里掏出笔记本，乱撕了一大把下来，扔到河里，说，你看，我向你表个态度，以后我就不记了。 一个人不能成为喜剧，你成了喜剧，就是人家茶余饭后的笑谈。

文觉说，我觉得我自己吧，一会儿是个喜剧，一会儿又是悲剧。

前些年文觉闲着没事，撮合了小路和小菊兰、夏姨和小季两对夫妻。 夏姨和小季结婚后，文觉把西边的房子分给他们住了。 没几天，小季就砌了一道围墙，与大家隔开。 等到小路和小菊兰成亲，文觉又把前边的厢房分给他们住，没几天小路也学着小季的样子砌了围墙。 文觉本来还想给二太太吴银斗做个媒，这下子不敢了，把吴银斗送到花码头镇与大太太做伴。 阿七这厮，做了人家的上门女婿，说好生了孩子，姓丈人的姓，但他老婆一怀孕，他就反悔了，把老婆哄着拉着投奔了文家。 文觉把后院里的柴屋和储藏室都给了他们。 他们照例在后院当中拦了一道墙，不过却开了一个月洞门，夫妻俩平时从月洞门里进出，照顾文觉一家的生活。

文家的大门现在开在东边小巷子里，门一敲，里面屋子的人就听见了。 开门的是阿七，搂着文觉和唐糖的五岁儿子文定。 阿七说，唐主任今晚在家里。

他说的唐主任是唐糖，吴郭市妇联副主任。 她结婚后去了妇联工作，因为工作出色，官路一路顺畅，前些天刚提了副主任。

文觉赶忙对马爱思说，再见吧！

马爱思笑嘻嘻地跟了进来。 阿七说，人家和你说再见了，还跟着干啥？

马爱思还是笑眯眯地站着不动。

阿七叹气说，今晚家里真正热闹了，来了一个客人，又来一个客人。

唐糖闻声出来，脸上红红的，光彩照人。 一看见马爱思，上来就拉住她的手说，大驾光临，什么风把你吹过来的？ 我真是三生有幸啊！ 来来来，我这正好也有一位贵客，你来见一见。

文觉跟着两个女人进了屋子，沙发上坐着一位穿海军军官服的男人，那人见了他，满脸笑容地站起来，向他伸出右手。 文觉见了他，两手垂下，双眼一低，退出门外。

这是唐糖的海军男同学何健夫，和他赌吃狗屎的那位。

文觉出了大门，一个人漫无目的地走。

狗日的……时代！ 他悄悄地骂。

但骂人是没有用的，骂时代更没有用。 游逛也没有用的，他还得回家去。

被时代抛弃的人，不配有家，他一进家门就感觉到了，唐糖和马爱思坐在沙发上，两人膝盖上都摊放着笔记本。 海军坐在她俩对面的椅子上，手里也拿着笔记本，正在读着什么。 三个人用的笔记本竟是一模一样的。 文觉身边没有笔记本，就去拿了一张白纸、一支铅笔，搬了一个小板凳，装模作样地坐在边上一起学习。

何健夫，上尉。 他向地方上的同志通报海军整风反右运动的情况。

过了个把小时，他收起本子站起来，两个女人也一齐收了笔记本，一齐站起来，一前一后朝门口走去送他。 文觉心里好没趣，朝床上一歪就睡着了。 一睡就回到了那一年和爷爷回吴郭的时候，日本兵荷枪实弹地站立两边，爷爷拉着他的手，走着走着，爷爷的头从肩膀上滚了下来，爷爷自己还不知道，只管前行。 他不敢说，回头去看爷爷落在后面的头，只听爷爷的头对他说道，我的帽子呢？ 快把我的帽子拿来，没有帽子，我算什么人呢？ 他吓得哭起来，说，爷爷，不是帽子，是头。

文觉在梦里一哆嗦，差点把尿漏出来，醒过来一看，唐糖坐在藤椅里，披散着头发，抚摸发梢，看着他若有所思。文觉说，哎，做了一个噩梦。 唐糖说，我看你一直在噩梦之中。 文觉说，出了啥事？ 唐糖说，刚才来的这位，是方书记的侄女，在省里工作，最近省里派她到文化新闻教育一头蹲点摸情况。 其实你见过她，我们结婚的时候，她跟着方书记的秘书来送东西。 文觉说，她长得这么丑，我怎么记得住她？ 唐糖说，她为什么要看你裤裆？ 你那裤裆是金子做的？

文觉说，开个玩笑，有什么关系？

唐糖说，这是阶级感情问题。

文觉说，不管哪个阶级，总要上床吧？

唐糖晃晃悠悠地过来，走近了他，突然出手，抽了他一个大耳光，说，老说自己满肚子知识，满肚子屎吧？ 还说为国效力，做梦去吧，知识分子的轻浮浅薄，我看你将来死在什么地方都不知道。

文觉更不搭话，翻身穿起衣服，走到后院门口，一迭声地叫阿七给他整理衣服送到报社，他今天要在报社过夜，明天去花码头镇看二位奶奶。

阿七果然给他把被子衣服送到报社了。

阿七对文觉说，唐主任让我给你带个话。第一，赶紧写个检查给报社领导，深刻反省自己灵魂深处肮脏的东西，请求宽大处理。第二，如果不能过关的话，不要连累她。

文觉说，阿七，她居然敢打我耳光！

阿七笑起来，说，少爷这么问真是让我浑身高兴。

文觉说，阿七，我把墙上方书记的字拿下来了，你给我扔到外面的垃圾箱里。我辛辛苦苦地挂了这么多年，他也没给我官复原职，我还是一个平头百姓。

阿七说，要是我，早把字拿下了。

文觉连夜写好了检查，与自己的请假条放在一起；第二天一大早，坐上小船去了花码头镇。二太太吴银斗在门口坐着看鸟儿，见到他以后，让出自己坐的椅子，告诉文觉，大太太神志不清，时好时坏，现在正在睡呢，一天到晚老睡，睡不够的样子。正说着，大太太出来了，见文觉，惊问，你是谁？这么眼熟。文觉说，我是你孙子文觉，小橘子。大太太说，什么小橘子？我不认识你，你到底是谁？文觉好生无趣，一声不吭地走了，大太太追着他一直到镇口石牌坊，在他身后凄厉地喊，你到底是谁？然后对二太太小声说，我知道是这小猴子，就是不想认他。二太太说，罢了，你想要他怎样？大太太说，我不想要他怎样，就是不想见他。他和他爷爷一个样。

文觉坐在船上，一路看水波翻动。突然，他想明白了，奶奶是不愿认他这个孙子。 这个世界上没人需要他。

他心里一酸，眼前一黑，"咕咚"一下滚到水里去了。等众人七手八脚地把他捞上来，再把他身上弄干，也就到了城南大码头了。

下了船，碰到一队敲锣打鼓的吴郭大学游行队伍，他们群情振奋，高呼口号，庆祝吴郭大学也炼出了铁水。 他站在边上看，看见了队伍中几个熟人，愈发伤感，想，时代是把他抛弃了，但在什么时候抛弃了他，到底是什么原因，他还闹不明白。 也许就是从那顶绿帽子开始，也许就是从老方对他反感开始。 想当年，他是吴郭城的风向标，他的思想、趣味，就是整个吴郭年轻人仿效的榜样。

他恍恍惚惚地看着人群，想到过去，想到自己的未来，浑身打了一个寒战。 如果他还有将来的话，他想，绝不能像爷爷那样成为一个笑话，哪怕成为悲剧，也比笑话强。

他没有回家，去了报社，傍晚的报社，一个人也没有。他找出自己写的检查，撕得粉碎。 他泡了一杯茶，想了半天，然后下定了决心，拿出一沓稿纸，开始写一封检举揭发信，他揭发的是吴郭市委书记方静川。 他前天听了何健夫和马爱思的"反右"运动工作汇报，知道扳倒一个人不需要有实际的罪行，只要说他政治思想不正确就行。 他想来想去，想到去年听总编私下嘀咕，说，老方有一次说，日本侵略者是可恨，不让中国人进庙拜自己的神仙，要让中国人拜他们的天照大神。

他这样写道：……他方静川这样说的目的，就是提倡新社会的中国人民都去拜牛鬼蛇神，其用心险恶，十恶不赦……

写完，浑身一阵轻松，他不禁苦笑起来，没想到给一个人编织子虚乌有的罪行会有这么大的快感。他对自己说，你是个混蛋啊……但至少是个混蛋。

检举信一式三份，一份寄给市委，一份寄给省委，一份寄到北京中央组织部。三封信的后面，他都郑重地签了自己的名字。十年来，他第一次感到自己的姓氏又有了举足轻重的价值。

第二天是星期天，他回到家里，儿子和唐糖刚吃完早饭。唐糖朝他微微笑了一下，进去拿了手提袋出来。文觉问，你又上哪里去？唐糖说，我去理发店老王家里剪个头发，头发太长了，影响工作。文觉拿起饭碗，说，不许去，你就是想让老王的手在你头上摸来摸去。他们的儿子文定嘴里嗯嗯啊啊地发出声音抗议，唐糖把儿子哄着进了里屋。出来时，文觉已经吃完一碗饭，速度之快，令她不禁笑起来，她说，好吧，那我不去老王家里，你让阿七把老王叫过来，我在家里剪头发。

文觉斜睨了她一眼，说，有一件事，比你的头发重要多了，我揭发了老方，是真的。我签名了，寄出去了，你过几天就会知道的。

唐糖吃惊地说，哦，哦……

她嘴里虚应着朝后退，退出房门，朝巷口的部队医院走去。一会儿她回来了，对文觉说，你不要吹胡子瞪眼，老实和你说，我是去打电话的。我让马爱思想想办法，能不能把信拿回来。

文觉说，恐怕你们是商量着怎么把这件事告诉姓方的吧？

唐糖迟疑片刻说，对，我们是商量的。

文觉说，鹿死谁手还不知道哩，你们商量也没用。

唐糖说，你还不明白，"反右"运动斗争的对象是谁。

一会儿，马爱思来了。她一进来，就与唐糖抱在一起。文觉倒笑起来了。然后，她们围着文觉，问他写了些什么，文觉一五一十地把检举信的内容说了一遍。他很喜欢看唐糖和马爱思紧张的表情。马爱思不停地点着头，就像颤抖一样……对，像某种特定时候的颤抖。文觉带着恶意这么想。唐糖咬着下唇，把丰满的下唇都咬出了血，这使他更想入非非了，他恨不得把她抱在怀里，一起滚到被窝里。恍惚中，他觉得自己是个英雄，边上二位，是配给他的美人。

马美人说，唐糖，你看吧，你只有离婚这一条道了。

唐美人说，是啊。我真的没想到他这样胆大包天。我们吴郭的知识分子，历来温文尔雅，谦和忍让……

她还没说完，文觉就打断她，说，至少我跟他们不同吧。

没多久，方书记正在开一个重要的会议，上级给的右派名额，分配到各部门，各部门都表现出地方保护主义，全都用不完，客客气气地退回了用不完的名额。 方书记就召集了各大部门，一个部门一个部门地重新过场。 说到新闻单位，老方问，报社还空出几个右派名额？ 去开会的报社领导回答说，三个。 老方说，分一个帽子给文觉戴戴吧。

文觉就这样当了右派。

文觉当右派，全吴郭都笑开了花。

因为当右派，要戴帽子，戴一种似帽非帽的玩意儿，大多数的情况下是纸做的。 有时候是一个脸盆，有时候又是很写意的，一把扣在头上的扫帚或其他充满想象力的东西。 它们是实体，可又是那么虚拟。 它挟风带雨而来，使命却是让风雨摧毁它；它如此矛盾，却又高度统一。

居委会主任来通知文觉，明天是吴郭的地主、富农、反革命、坏分子、右派分子大游街，他由街道统一安排，一起出发。 主任是位女同志，腋窝里夹着一只布包，手里拿着本子，一边沾口水掀纸张，一边反反复复地说。 她的安排很详细，几点起床，几点去街道办事处集合。 说完她朝文觉一笑，说，累死了。 我走啦，还有几个游街的要去通知。 看她的神情，好像是去通知看电影似的。

屋里冷冰冰的，住着他房子的那几家人，夏姨和小季、阿七和他老婆、小路和小菊兰，他们突然消失无踪。

这些狗东西！

文觉骂。

昨晚上，他写了一幅字，拿到他的办公室准备贴起来。老门卫不让他进去。他说，我还没被报社开除工作，怎么就不让进去了？

老门卫说，谁知道你进去干什么呀，搞了破坏不得了的。

他就拿出写的宣纸给老门卫看，他知道老门卫不识字，就念给他听：偏见、迷信、害怕。

老门卫听了一挥手，说，你写的是什么呀？别进来了，走吧走吧。

文觉手里捏着宣纸，流下了眼泪。

此时，儿子与唐糖在沙发上玩一只浑身油光光的独角仙，文觉问唐糖，你怎么这样高兴？是不是与你的海军准备结婚了？

唐糖说，你是你，我是我，我为什么不高兴？我也不准备再嫁人了，新中国好多女同志一心为了工作，都不结婚。我把何健夫介绍给了马爱思，他们要结婚了。

文觉说，那你还不找地方哭一场？

唐糖说，算了，你还是好好想想等会儿游街的事吧。

文觉说，我已知我的命运，我不怕。要死的话，我希望死期早点来临。

他戴帽游街的时候，万人空巷，来看他头上新颖别致的纸帽子。别人的纸帽子全是白色的，上面用黑墨写上某某，反革命、破鞋或败类。他的纸帽子刷成了绿色，上面用红色的漆写着：

文觉反革命吃屎派。

"吃屎派"三个字写在后面，好多人看了前面，又去看他后面，一看就笑出了声。一群一群的人指点着他，说着他的往事，说着说着都笑。

文觉想，不好，不能让人这么笑我。

于是他抬头大骂，老方，老方，你是个混蛋。你是个缩头乌龟，你有种出来！他一边喊，大人孩子一边跟着他，不断发出阵阵惊叹声，时不时地有人喝彩。

老方在路边的一幢房子里看到这一切，不由叹气，对身边的人说，你看看，他害我，反而成了英雄。

一大批人游了两个多小时的街，最后走到城北火车站广场停下，露天搭了大台子，台子正中放着一张青翠可爱的大荷叶，荷叶上放着一大泡牛粪。看见台子上有这等内容，人群再度沸腾。大家要看文觉如何吃屎。有人在下面叫，文老师，笑一个！

文觉一看见独有自己面前放着牛屎，又叫，老方，有种出来！

老方的吉普车也跟着游行队伍到了火车站，歇脚在车站贵宾室。贵宾室外面就搭着批斗的大台子，但他不是来主持批斗会的，他马上要去省里开会。听说台子上的牛屎，他笑了一声，看看手表，火车还要半个多小时才来。于是出门，去了台子上，领着大家喊了几句口号，唱了一首歌颂毛主席的歌。 然后准备走，走之前对大会组织人说，把牛屎拿掉吧。

老方领唱期间，文觉突然认出台下有许多熟人，原来大家张着嘴唱歌的时候，面目毕露。 他的老婆、同事、朋友、街坊都在，马爱思和她的海军丈夫何健夫，还有阿七之流。 更奇的是，他居然见到了大太太和二太太。 他们都在唱，于是文觉也卖力地唱。 唱完，他听到老方说，把牛屎拿掉吧。

他拿掉头上的纸帽子，一个箭步上前捧起牛屎，劈头扔到老方的脸上，朝台下的大太太叫道，奶奶，我只能做到这个地步啦！

台下人群如潮水般涌动起来。

文觉斜眼看着台下，想，谁还笑话我？ 谁还可怜我？

他一手指着台下，说，谁敢欺我！

他的声音淹没在巨大的喧嚣声里。

一

要说我的弟弟，先要说我的父亲。

我的父亲是一位成功的企业家，计有两家工厂和四个经营部。资产累计近一个亿。用现在流行的话讲是完成了资本的原始积累。

1988 年，也就是改革开放的第十年，我父亲从一家中学里辞职。斯年他四十八岁，看守学校的大门将近两年。他的学历是大专，籍贯江苏无锡。他出生的那年，他爷爷在上海滩上创下的家业已面临四分五裂。但他总算过了几天小少爷的日子，据他的叙述，两周岁之前他从来没有下地走过路。所以他至今害怕走路。即使他在落难时也没有改变这个特性。那时候，我们一家四口人蜗居在十二平方米的一间屋里，夜间父亲也是蹲在马桶上撒尿，那种突兀而来的急促声音总是扰人清梦；而厕所就在屋子前面不到百米处。

父亲尽职地看守大门，把所有偷懒不肯下车的人拦下来，包括校长。人们随意而简便地叫他"看门老头"。没有谁知道这个看大门的老头身上流动着祖先善于经商的血液，也没有谁对他的处境表示惋惜。 回想起来，那段鲜为人知的日子，可能是父亲一生中最自在的日子。 你可以想见我的父亲在无所事事中懒洋洋地伸展四肢，日子因为平淡而显得缓慢，他在缓慢中享受着每天缓慢行走着的太阳光，在缓慢中体味着生命的坚实和漫长。 父亲后来成了亿万富翁，唯独失去了那种坚实的缓慢感。 他无法欣赏太阳在大地上展现的魔法，后来他就否定缓慢，并不自觉地对我弟弟的生活进行干涉。 因为我弟弟这时正好在读大专二年级，整天津津有味地做着一些无关紧要的事。 他的悠闲使父亲多少有些失落感，甚至对目前粗糙的生活感到不满。 他对我弟弟说："你要继承我的事业，必定先要改变你的生活方式。"

　　我的父亲那天向校长递交了一份辞职报告，从此他主动积极地改变了自己的生活方式。 当时所有的人吃了一惊：这是他们知道的第一份辞职报告。 有人幸灾乐祸，以为父亲必定倒霉；有人替父亲担忧。 但归根结底他们都对那辞职报告十分好奇，对父亲隐藏的动机猜测不定。 他们加紧了接近我父母亲的次数，母亲在学校的校办工厂做会计，她对前来探听情况的人，报以既老实又不老实的歉然一笑，无可奉告之下让人觉得受了一场莫名其妙的怜悯。

　　校长当时捏着那份辞职报告只管发愣，他不知道这是怎样一回事。 他不安，甚至有祸事临头的预感：为什么让他碰到这种事？ 这件事是否影响他的声誉、危及他的地位？ 于是校长婉劝、规劝、力劝，无效，就把辞职报告锁进抽屉里。 父亲正式办理好辞职手续是在半年后，那时候，人们对"辞职"这一行为已不陌生了。

我父亲就这样成了经济改革以来第一代民营企业家（也就是私营企业主）。 他们中的一些人一夜之间成了"暴发户"，他们的消费和生活方式刺激着别人的神经，其意义大过了赚钱的本身。

人们最后的结论是，我父亲辞职的背后酝酿着一场重大的家庭变故。 于是他们停止了议论，等待着。 三四年过去了，什么事都没有发生，而我家却表现出让人喘不过气的欣欣向荣景象：有了那个时候所有的最高档的东西。 后来我母亲也辞掉了工作，跟随我父亲了。

我家最初富有的那几年，应该说人们对待我家的态度还是友好的。 一是我父亲的奋斗使他们具有了希望和新的梦想；二是他们潜意识里为我父亲的事业作了一个限制，不相信父亲真能发展成后来的规模。 他们关心着我家里的一举一动，宽容着我家并做着希望的梦。 母亲从学校离开以后，他们就从钟老师那里打听我家的消息。 钟老师与我家同住一个大院，从他有时半开玩笑的回答中，他们知道了我家最新的经济动向：我父亲又开了一个厂；从刮西北风那天起我家窗后面的垃圾箱里天天有新吃下的蟹壳；母亲手腕上的金镯起码有三两重。

听的人不屑一顾，散去后就说："手上戴那么重的东西，自找苦吃。"或说："我要是钟老师早就搬走了，天天看着别人吃香喝辣的，气都气死了。"什么话都有。 当时，由于改革开放，他们已经熟悉了我父亲这一类的人，但越来越不习惯与我父亲这一类人生存在同一空间。 好几年下来了，希望变成了失望，梦想更是让人烦躁沮丧。 他们常常被迫与我父亲这些人做对比，并逐渐形成泾渭分明的对抗意识。 这是一种来自两个经济阵营的对抗，最后发展为钟老师和我家两个家庭之间的矛盾。

我父亲老早就预见到了会有什么样的一种矛盾等着他。从我母亲添置第一枚金戒指时，他就读懂了钟老师眼里的蔑视。 那种蔑视里有着种种复杂的、只有双方都是男人才能领会的意思。 这一刹那，我父亲的心软了下来。 他怜悯钟老师，理解他作为男人的处境。 同时，为了息事宁人，我父亲采取了"绥靖"政策。 经常给钟家送去各样礼物，衣料水果什么的，借以平息两家人之间潜伏着的矛盾。 不管是何种意图，父亲的举动呈现着讨好的意思。 也就在这时候，钟老师还是教务处主任的身份，而我的父亲又回到昔日看大门老头的职位。 我现在想，如果钟老师当时只是摆摆姿态的话，我父亲可能会一如既往地扮演讨好角色。 但1991年的春节发生了一件事，使得两家人的平衡状态发生了变化。

那一年的春节，母亲在父亲的差使下，抱着一板冰冻对虾到钟家去。 母亲是很不情愿的，她为年夜饭忙了一整天，现在又被丈夫差遣着做这件事。 但是她还是去了，因为她知道，家里除了她没有第二个人可以担当这一任务。 她双手合抱着冰冻对虾，手指头一碰到冰，就粘了上去，她不得不经常轮换着指头。 她敲开钟老师家的门，走进去她就把那板冰冻对虾放在地上，不说任何话。 钟老师的女人，人称莫老师的，一个在教育局管理档案的女人，把我的母亲叫住，扭捏地客气，说："拿了你们这么多的东西。 穷老师，没有什么回报的，祝你们来年身体健康！"

　　一定是莫老师的话里有什么东西刺激了钟老师。 反正我母亲后来说，她没有做错表情，她对莫老师的祝福报以同样客气的微笑。 她走出钟家，绕过一口水井走到钟家屋后时，钟家的后窗户打开了，钟老师在里面声音不大不小地说："我看你不要客气，不拿白不拿。 这些东西都是剥削工人的剩余价值得到的。 我们吃，吃饱了好好教书，为人民服务。"我母亲气得浑身发抖，把围巾朝头上一蒙急急忙忙地回来了。她告诉父亲，这些话当然是讲给她听的，没有谁会在刮着西北风的寒夜，把后窗户无缘无故地打开。

　　父亲"哦"了一声。

　　随后吃晚饭，看春节联欢晚会，守岁，放炮仗。 一切都很平静。

　　过了春节，父亲开始实施他的报复行动。 他雷厉风行地用了一系列优惠条件，把院子里除了钟老师的房子全部转为他个人可以使用的土地。（半年以后，房地产开始升温，表明他的决策在商业上也是成功的。 购买时看上去很高的代价，已变得不足挂齿。）

　　父亲在办理建房手续时，速度快得惊人。 别人猜测说，政府里的人跟院子里的房主一样，被我父亲的糖衣炮弹打中了。 钟老师尚未反应过来，院子里已经热火朝天开始打地桩了。 接着发生了许多老师拥进校长室请求校长出面主持公道的事。 钟老师拉着校长走进面目全非的院子里时，我父亲已经造好了底楼了。 他们毫无办法，他们的经济实力和智慧全都跟不上这个时代。 校长站在那儿半天不能说话，既为钟老师愤怒，也为他自己不平。 校长尽力掩饰住心中的不平，他说："你造房子不能不考虑老钟的利益，你们是多年的邻居，又是同事。 人要讲究良心，合法也要合理。"

　　父亲沉默着，而母亲却勃然大怒，她请校长放了屁赶快走。 我家造三楼是城建局、规划局、土地局批准的，并不影响钟家通风采光。

　　校长在我母亲怒骂声中及时找了台阶下，他临走时歉然地对钟老师夫妇说："有辱使命啊。 我看你们再把情况朝上面反映一下。 这个泼妇真是粗俗不堪，怪不得人家说赚了钱的都是有问题的人物。"他骂得曲里拐弯很是高妙。 他既指出我父亲若干年前曾为经济问题坐过监狱的事实，又指出当时发家致富的一批人的情况。 当时流行着这么一个说法，说发财的个体户十有八九是从"山"上下来的。 我母亲突然噤口，她向我父亲投过心虚的一瞥。 而我的父亲还是沉默着。

　　三个月过后，一幢漂亮的三层楼房矗立在钟家的屋后。房前，与钟家的屋子之间，父亲辟了一块绿油油的草坪，并在上面栽了一些名贵的月季，每天清晨和傍晚时分给它们浇水，很悠然、很心平气和的样子。 有时候他会发现其中的一朵花消失了，他也不追究。 他知道是我弟弟把它摘走了。 这朵花经历了一些不为人知的小小波折，出现在钟家的小女儿钟千媚的闺房里。 父亲的脸上出现一丝淡然的笑容，他不反对年轻人之间的游戏。

现在，我家的三层楼房雄壮地矗立于钟家的屋后，钟家的破旧老屋子就像个被大人欺负的小孩，流露出末路的寒酸和卑微。

1992 年的春节之夜，钟老师悲愤地拟了一副对联贴于门上：

斗转星移是非全颠倒
物是人非贫富太悬殊

在他的对联中，一连两次出现了"是"和"非"。 我想他是故意的。 钟老师在学校里教的语文课是一流的，他本人的语文水平也是有口皆碑的。 他完全可以把重复出现的字用别的字替换掉。

那副对联第二天晚上就消失了。 上联被钟千媚顺手拉下来甩在风中，下联被她的哥哥钟千里扯下来揉成一团，然后用打火机燃着烧尽。 钟千里与我的弟弟是同学。 钟老师喝了半瓶绍兴女儿红加饭酒，醉意朦胧地瞅着一双儿女，沉重地叹了一口气，说道："唉，我不行了，认输。就看你们了。"

现在终于要说到我弟弟了，在这篇小说中我弟弟是最后出场的一个人物，然而他是主角。就好像戏幕拉开，锣鼓敲了一遍，跑龙套的一一走过场，最后主角登台亮相。

作为第二代中唯一的男性，弟弟无可选择地成了我父亲事业的继承人。他需要守业，需要创业，需要不断开拓市场，需要扩大再生产。他的成功和失败关系到他自己，关系到我父亲，关系到企业的命运，关系到我家和钟家对抗的最后结局。弟弟一直隐藏在父母的身后，缓慢地进行他的人生过程。然而现在他就要被推上前台了，他是关键性的人物。道路已经铺就，障碍也已设置好。我的父母心明如镜，他们要把儿子培养成合格的接班人，我弟弟的责任是太大了。

1993年秋，弟弟从学校毕业，不管他的再三反对，父亲把他安置到主营厂担任法人代表。

在我父亲的创业史上，我弟弟有过一次登台亮相。那是我父亲交上辞职报告的当天晚上。我记得是深秋了，雨懒懒地打在窗外的梧桐叶上，那种冷冰冰的寂寞预示着漫长的冬季即将来临。我们一家四口人坐在客厅里，这是一间小小的会客室，它的一边放着两只单人沙发和茶几，另一边放着弟弟的钢丝床和一张饭桌，这种满满当当磕磕绊绊的情景是当时普通人家的写照。地板上刷着的紫红色油漆脱落得斑驳陆离，靠东的墙上印着鬼脸般的雨渍。为了表示郑重其事，母亲把桌子收拾得一尘不染，连当日的报纸都拿走了。 而后父亲缓缓地开了口，他说他已经辞职了，不管校长同意与否，他都将经商。 为了赚钱也为了创业。

我注意到他是把赚钱和创业分成两个概念的。

父亲简单地把话说完，就陷入惯常的沉默。 他已经说出了他的动机与目的——赚钱和创业，这就是他辞职的全部的动机和目的。 为了今天，也许他已经付出了很大的代价。不过他意志坚定，就像石头缝下的一棵草芽，一场春雨过后，它就弯弯曲曲地从下面生气勃勃地钻了出来。 父亲沉默以后，母亲说："爸爸很可能失败。 他今年四十八岁了，如果失败的话，他就再也找不到工作。 你们要养着他。"

母亲的话突然地把气氛渲染得很酸楚。

父亲转脸瞧着我弟弟的反应。

弟弟若无其事地歪倒在沙发里，说："没问题。"他接着又保证一下："绝对没问题！"

家庭会随即散了。 我的父母走进卧室把门关上。 父亲在这一刻显得十分疲倦而无信心，我弟弟的保证并未使他感到欣慰，他反而对自己可能有的失败心惊胆战。

弟弟却在塌陷的单人沙发里直起了身体，双眼略带忧郁聚精会神地倾听外面的雨声。 他对我说："你听见没有？ 雨点落在梧桐叶上是沙啦啦的，落在芭蕉叶上是噼噼啪啪的。哈，愁因薄暮起，兴是清秋发。"我弟弟的脸色虔诚而感动，嘴里继续前言不搭后语。 对他来说今天重要的不是父亲辞职，而是得到了雨声的什么启示。 我毫不奇怪他的态度，这时候小城里的年轻人，个个都在埋头写诗做文章，你到处都可以看见满脸激动、神经兮兮的文学青年。 弟弟正读高一，他终日陶醉在诗歌营造出来的虚幻的境界里。 后来文学降温，我弟弟也不再狂热。 他离开文学后，一直没有找到自己的位置。 令我不解的是：为什么当初他能追赶文学的潮流，而后全民皆商时，他却一反常态地不能成为其中一员？他并不是意志很坚决的人，因为文学降温，他也就对文学冷淡了，但为什么他顽固地抵抗着我父母呢？ 我父母的生活方式在什么地方与他的生活不相融洽？

弟弟是在被迫的情况下接受父亲的安排的。 在他与父亲发生正面冲突后，我相信他已经把世界机械地分成两大类：富人（强者）和普通人（弱者）。 他是站在弱者这一边的，因他本身就具有怯弱的本性。 他站在了父亲的对立面，这里面有着弟弟的善良愿望，更有着无法承受压力的软弱。 在弟弟走进商界之前，他的生活是懒散而浪漫的。 他有一个朋友圈子，圈子里都是他班级的同学，钟千媚有时也参加他们的活动。 他们在一起纵情欢乐，心心相印。 他们下围棋、打扑克、旅游。 在月光底下放歌，在雪地里喝啤酒。 他们之间经常一些看似矛盾却冲击心灵使之友情不断加深的事发生。 我曾经翻看过弟弟的照相簿，绝大多数都是在这个时期拍的黑白照片。 有他与钟千媚搂着肩膀的，有他与钟千媚两个人抱着膝盖坐在台阶上的，更多的是七八个人搂着腰挤在一处。 他们笑得轻松、纯洁、甜蜜，就像真的兄弟姐妹。
弟弟在其中的几张集体照片上精心地用红笔写了"幸福"两
个字，他那时真的觉得全世界的人都亲如兄弟姐妹。 我父母
有时把他拉到客户中去应酬，告诉那些客户：这是我唯一的
儿子，他正在读企业管理。 客户们马上知道这是未来的一厂
之主，他们客气而有趣地打量他。 我弟弟表现得很不耐烦，
他不喜欢利益覆盖的虚伪。 他总是一言不发，冷冷地观望着
父亲的客户们财大气粗的面孔。 但是他一开口，总能叫那些
在商界中打滚的老油子发笑。 我弟弟有一句著名的祝酒词：
"让天下的人都幸福。"

于是小城的商界掩口窃笑，知道我父亲有这样一个儿
子。

我相信弟弟并非矫情。 在翻看他的照相簿时，我原以为
他一定会在他与钟千媚的照片后面也写上"幸福"字样，结
果没有。 我弟弟不是那种羞涩内向的少年。 那就是说我弟
弟寻求的不是个体之间的幸福，而是寻求他在群体中的认
同。 这样他才会觉得幸福。 他愿意像一个普通人一样淹没
在人堆里。 他朋友的父母都是很清贫的，他在这些家庭出
入，吃着朋友的母亲烧出来的煸青菜和冬瓜汤，听着朋友的
父亲对社会不公现象的议论，感受着清贫的然而其乐融融的
家庭气氛，他会为朋友的父母平淡而充实的话语而感动。 他
心中也一定歉然，为自己的家庭有别于别人的家庭而内疚。
自从我家渐渐富有后，我弟弟的朋友也渐渐地鲜有上门。 我

父母像所有的富人一样爱清静，对上门来玩的年轻人脸色不善，疑虑重重。 这也是我弟弟抵抗我父母的原因之一，但这还不是弟弟最深层的因素。

父亲不会听任弟弟朝反方向发展下去，他要尽快让儿子接他的班。 弟弟毕业后没多久，那是他刚从千岛湖旅游回来的一个日子，父亲把我弟弟叫进书房，拉上和客厅共用的铝合金移动门，把我和母亲隔绝在外面。 父亲和弟弟面对面地坐在真皮沙发里，弟弟的脸正好对着书房隔壁的花房，他闻不到花香，但能看见里面开着灿烂的玫瑰和月季。 不一会儿我们听见父亲的叫喊声，母亲从健身房里跑出来，我从厨房里奔出来。 我们同时看见父亲气呼呼地拉开移动门。

父亲指着奔过来的母亲说："你生的好儿子，骂我为富不仁。 都是你平时纵容他的结果。"

这两句话说重了，母亲立即和父亲争执起来。 突然父亲冲到院子里，不知从什么地方找出一根木棍，直奔我弟弟，一棍结结实实地砸下。 弟弟危急中把身子一偏一弯，腰背那儿就响起了惊天动地的"呼"的一声，棍子断为两截。 弟弟被打得单膝跪在了地上，他在慌乱里看见父亲捡起了一截断棍，赶紧忍痛一转身，攥住了父亲的双手。 父子两个人涨红着脸、颤抖着手相持着。 父亲口角边堆着白沫，只是低低地重复："打死你，打死你。"突然紧张的局面瓦解了，父亲把棍一松，仰天倒在了地毯上。 父亲中风了。 弟弟张皇地一抬头，看见花房里的花怒放着——被禁锢地生存着，弟弟的心中一刹那间滑过这个想法。 他跪下去扶起父亲的头，急急地说："爸，我们不吵了。"

父亲在医院治疗的日子里，拒绝见我弟弟。 我弟弟每次来探望只好在窗户上敲三下，让我知道是他来了。 我就找个借口来到走廊上，说几句话。 有时候我们沿着医院边上的那条河散步，谈话就深入了。 我劝他看在父亲年高力衰的分儿上，接任吧。 他有时候表示得很决绝，有时候又显得犹豫不定。 我就说你是跟一个假想中的敌人打仗吧？ 他说不是的。 那么，我说你就是为了千媚和你那帮朋友和父母作对，这样很有趣、很带劲是不是？ 弟弟迷惘地笑了一声。

有一次我们信步走着，走到一座深宅大院前迷路了。 八点多钟的冬天，月亮已冷峭地吊在天空。 我们沿着宅子走了一圈找出路。 这座宅子里面有座二层砖混结构的民居，从房子到围墙都涂成了黑色，在月光下显得阴森森的怕人。 从房子和大门的情况看来，这是一家新建不久的民宅。 宅子后面栽着两排小松树，乱堆着废弃不用的建筑材料。 弟弟指着树对我说，人家说，暴发户什么都可以得到，但他没办法让院子里的小树一夜之间长大。 我说那有什么要紧的，到他儿子或者孙子手里，树就长大了。 我们俩说话的时候，惊动了宅子里的两条狗。 两条狗一递一声地"汪汪"叫，在月光底下的旷夜中传得老远。 弟弟抬起脚狠狠地朝黑墙上踢了几脚，骂道："妈的，整个一地主恶霸。"

弟弟问我是否还记得小时候在农村时，有一个地主把我们赶到河里去的事。 我说那是我们小孩子不懂事，成天跟在他后面叫地主、地主、坏分子。 我弟弟说他至今想起来这个人还觉得讨厌。 他嘴角下撇深深地弯进腮里，脸上从无笑容。 他有时候像只猴子一样龇牙咧嘴地朝我们叫喊："穷崽子们，老太爷玩金元宝的时候，你爷你奶只好光着屁股躲在旮旯里哭哭啼啼。"我承认那个地主确实面目可憎，但我认为在这个时候回忆这个地主是不合时宜的。 我隐约地感觉到我弟弟绝不是单纯地替别人发泄不满，即使是为了求得某种群体的认同，也不至于如此偏激。

父亲一个月后从医院的贵宾房里搬回家。 父亲消沉了一段时间，为他自己，为弟弟。 但他很快振作起来了，他不是那种善罢甘休的人。 他又开始逼迫我弟弟，无休止地谈话、争吵，一次又一次的家庭风波。 最后，他在激动之下给弟弟跪下了。 铁打的人也经不起这样的做法，弟弟上任了。 我替父亲想一想，这样做值得吗？ 这里面除了父亲的意志在起作用，另外还有什么因素在起作用？ 我的解释是一样东西：利润。 父亲变得贪婪了。

弟弟就这样被父亲强逼进了商界。 他已经知道在这里不能对别人掏真心，不能说"让天下人都幸福"。 他压抑着内心的反感和他认定的一帮脑满肠肥的、为富不仁的人打交道。 他尽着最大的努力压抑自己的本性，但他有时还是顺应着内心的单纯，因此显露出很多毛病：智慧不足，言语笨拙，头脑不灵，固执己见。 他就像贸然闯入商界的一个怪物，他分不清朋友和敌人的界限。 越是分不清，就越是想分清，结果他把自己搞得晕头转向。 除了这个问题，他还有许多交易中的问题需要分清楚。

一位他熟悉的同行，我姑且称为甲爷。 甲爷一口气能喝七瓶啤酒，且口不择言，上了桌子就开骂，骂同道，骂他自己。 因而弟弟在内心把他归为豪爽的一类人。 甲爷对我弟弟说：×地方的乙爷要到我厂里订一大批产品，这龟儿子养的。 我这批货成本高，价格实在不能下去。 我知道你厂里这种产品的成本比我低，你弄点打发他走吧。 你记住了，我这边最低价格每台××元。 这只乌龟王八蛋！

我弟弟自然对送上门的生意兴奋不已，对甲爷心怀感激之情。 于是我弟弟招待乙爷。 乙爷肯定是要这批产品的，但乙爷表现出不急不躁的样子，拼命压价。 弟弟每天招待他吃喝玩乐，并一步一步地在价格上退让，最后弟弟已经把价格降得比甲爷的价格还低一点。 因为甲爷之前实际上已让弟弟遵守一个最低价的诺言。 所以弟弟不再降价，而坚持着那个价格。 到第五天，乙爷忽然丢下句："你这人太死心眼。"一声没吭地走了。

其实甲爷暗地里一直与乙爷有着联系。 他知道我弟弟不会把价格压得太低，因为弟弟还信守诺言。 他让乙爷与我弟弟接触，一是放个烟幕弹，二是这几天的费用让我弟弟承担。 甲爷从我弟弟那儿知道了最低价，就对乙说："怎么样，人家把价煞住了吧。我可以比这小子再优惠一点。这四天的吃用开销我加给你个人，就算我也招待你一回。"乙爷提了产品悄悄地溜了。

弟弟后来听了这件事的内幕情况，这才明白了乙爷话里的含义。他怒不可遏之下又犯了错误：他去责问甲爷。甲爷全部承认。但他把责任推给了乙爷，是乙爷软缠硬磨之下才这样干的，他现在也后悔了。甲爷甚至挽着我弟弟的手把他拉到财务室，翻开账簿，让我弟弟看乙爷把价格压得多低，个人又拿了多少回扣。甲爷眼中都要滴出泪来。他说小老弟，我难啊，门面上好看，实际上我是打肿脸充胖子。这批产品卖出，虽说是没有利润，总算让资金流动起来。

弟弟当然不好再发火，他心中恨恨的，对甲爷的人格发生了怀疑。在怀疑之下，我弟弟继续犯下错误：他与甲爷断交，而且在各种场合下表示对甲爷的鄙视。

父亲认为现在该他出面指导我弟弟了。父亲把事情的全部分析给我弟弟听，然后告诉我弟弟：第一，听说这件事后，只当没事。不能去责问甲爷。责问的本身就给了他解释的机会。而且这样做让他小看你。你要不动声色地，让他心里寻思，不知道你下一步给他吃什么药。第二，如果他解释以后，你就不能和他断交。你不相信他的解释，他也知道你并不相信他的解释。那他为什么要做解释呢？他这样做是表示歉意。这时候，你就要大度地表示原谅。你得拉拢他，因为有了这一件事后，在可能的情况下，他还会帮你一把。 这就是商界互惠互利的原则。 你与他断交，损失的只有你，你少了一条路。

弟弟满脸的不解和好奇，说我把这件事宣扬得大家都知道了，别人还会信任他吗？ 还会跟他做生意吗？

父亲想对儿子说，傻子，这件事宣扬出去的结果就是让别人背地里耻笑你。 商人做生意时只有一个原则——有利可图。 父亲忽然对我弟弟感到厌烦起来，他觉得自己快变成喋喋不休的娘们儿了。 父亲一向喜欢沉默，他何尝说过这么多的话？ 他看着面前这个一米七五高的健壮的儿子，想，这个头脑简单的东西把我都改变了。 父亲说，我最后告诉你一句，用心学习才能进步。

弟弟说，学什么？ 变得狠毒奸猾吗？ 我宁愿是个穷人。 有一帮真诚的朋友，一个老婆，一个孩子，靠工资吃饭。 父亲说，朋友？ 老婆？ 孩子？ 父亲说完就躺下睡觉了。 从此后他真的对弟弟不闻不问。 他从账面上转走了几笔款子，说是作为将来养老用。

甲爷这件事过后，我弟弟又陷入另一场骗局。 一个从国营厂里辞职出来的工程师，包里带着图纸找我弟弟，说是他刚研制出来的新产品。 我弟弟看了一看，认为可以开发，便买断了产品生产权，两个签订了合同，在公证处进行了公证。 我弟弟在组织生产时，发现全市不下七八家厂都在生产这种产品，他赶紧去打听，才发现这个工程师把图纸如法炮制地卖给了这几家。 我弟弟叫了几个朋友准备登门算账，工程师闻讯连夜逃到深圳去。 听说他后来在深圳发展得很好。弟弟厌恶地告诉我，这个工程师平时有一句口头语，说除了钱，爹娘也不认的。 就是这么个人，商界里许多人都佩服他。 将来他成为大富翁的时候，他一定会津津乐道地向人叙述他当年如何从一群傻瓜手里骗来了原始的资本。

我父亲创下的企业在弟弟僵硬的操作下，很快走了下坡路。 1994年的下半年，企业出现严重亏损。 我弟弟突然撂下摊子，失踪了。 三天后他打来电话，说他已到了西藏。我告诉他，企业亏损，父亲不怪你，请你回来吧。 况且我就要生产了，B超显示是一个女孩。 他在电话那头唏嘘了，说他并不是畏罪潜逃。 他现在在西藏，心里很安逸。 他的外甥女长大后，什么都可以做，哪怕是做妓女，也不要踏进商界半步，这里是世界上最肮脏最丑陋的地方。 我不是不能做好，我是实在不想勉强自己。 我听出他的话里一股酒意，就把电话挂了。 我真想对他说，做妓女也是经商的一种。 经商就是把物品卖个好价钱或者把自己卖个好价钱。 挂断电话后，我就想西藏那个地方一定是很明净的。 而后我感到了恐惧：弟弟的心理症结远比我想象的要严重，受到的伤害也是巨大的。 他踏入商界就如同踏进了地狱，在这里他看不到他喜欢的和谐、平静、信义，他的心灵受着折磨，忍着来自各方面的嘲弄、讥笑和阴谋。 现在他走了，脆弱得不堪一击。到西藏去是他防止发疯的最好选择。 但是西藏能根治他的毛病吗？

　　父亲在同线电话上听着我与弟弟的对话，不住地捶胸、咳嗽，却什么话也没说。我挂下电话后，父亲怔怔地坐在床上发呆。

　　已经是冬季了，第一场寒流袭击着城市。家里到处开着取暖的电器，厚厚的羊毛地毯散发着温馨可人的气息。当你听着外面西北风呼啸中树枝断裂的声音，你就会觉得家里的一切都变得厚重而温暖，变得如附在你身上的一件棉大衣。而我弟弟却在西藏，远离他喜欢的这种氛围。我把父亲扶着躺下，尽量小心地不打扰他的思维，我敢肯定父亲现在想的不是弟弟而是他的企业；但我想错了，父亲躺下时惨然一笑，说："我再狠，也狠不过命。"我无言，给父亲掖好被角，心中替他一阵悲哀：父亲信命了。

　　半夜时分，风突然停了。我掀开窗帘，世界呈现出狂怒后的安详和纯洁，月光洁净如水，地面上结了一层薄薄的冰，在月光下有时发出"吱吱"的断裂声。

　　我想弟弟所在的西藏，月亮会比此时此地的月亮更干净，但我不会为了追求一个干净的月亮跑到西藏去。这当中有着复杂的取舍，体现了一个人是否真正的成熟。真正的成熟使人抑制某种欲望，牺牲某种信念，换取目前的平衡，这才是一种清醒的取舍，含有人生真正的悲壮。而弟弟却不屈不挠地追求他的镜中花或者水中月。弟弟小时候是个聪明实际的小孩，和大多数小孩一样，他会为一粒糖而使用点小心眼，或者为打碎的花瓶撒一个谎。我不知道是什么使他变成了今天这个样子。 换而言之，他是为了什么才把自己塑造成今天的这个样子？

我想起了他以前的事。

我家是在1971年秋天下放到苏北农村的。 弟弟那时六岁。 那时候农村的行政体制是人民公社，公社下面是大队，大队下面设小队。 小队里面无可设置。 社员就在口头上把小队分成一个个基本组成，叫×庄×庄的；各庄有叫姓的，有叫地形特征的，有叫树的名称的。 我家住的地方紧密地分布着十几家人家，因为柳树又多又大，就称为大柳庄。 我们一家在秋天的傍晚中静悄悄地来到大柳庄，被安置在姓于的寡妇家里。 寡妇也是外来人，四十多岁，身材高大结实。因为她的第二个儿子在县城水电站工作，所以她的一家都有着不可置疑的体面。 深秋的雨一下，大柳庄的人就基本上没事了，成天朝一起聚，等待冬天来临，再把它熬过，熬到春暖，日子又有了希望。 哪怕肚子吃不饱，身上却不会再感到西北风的寒冷。 大柳庄不是最穷的庄，据说除了三年经济困难，从来没有一个人饿死或者出去要饭，这是大柳庄的人一笔巨大的精神财富。 大柳庄的人一日三顿玉米稀汤，里面掺几根山芋干。 如果谁家例外地烧了米饭，那一定要用碗盛着，当礼物一样送到左邻右舍。 米饭里面放一块猪油，这就是美味佳肴了。 我家安置下不久即学上了这里的规矩，隔三岔五地盛了米饭，一五一十地让弟弟送出门。 我记得母亲先是让我去的，但被弟弟热心而蛮横地夺走了这个差使。弟弟那时候愿意和别人交流，远不像现在这么在人前感到紧张。弟弟成了送饭使者，同时成了大柳庄里最受欢迎的人，他的一举一动都是别人嘴里的新闻。他可以坐在别人家的床上和大爷大妈大嫂拉家常，一本正经地问"月亮怎么不摔到地上？"又问"饭变成屎需要几个钟头？"于是第二天，这些社员在地里劳动时扶着铁锹说我弟弟这些新闻时，一脸的惊叹和迷惘。

弟弟在大柳庄感受到的气氛肯定影响了他今后的审美取向。我弟弟若干年后过着锦衣玉食的生活，耳闻目睹的却是丑陋的尔虞我诈时，回忆起来，那也许就是理想中的完美的人际关系。他把大柳庄作为他心中的圣地而竭力维护。1992年夏，我父亲带着我弟弟回到大柳庄。我父亲的用意很明显，他开着自己的轿车，西装的口袋里鼓鼓囊囊地放满了崭新的十元钱。他带来的轰动效应不下于省委书记下乡，甚至比之更热闹。父亲到每一家熟人家里都坐一下，听着埋怨或者诉说，看着哽咽或者潸然泪下，欣赏着因崇敬而焕发的满脸红光和导致的手足无措。我父亲眯着眼睛慈祥地微笑，全盘接受各种深浅不同的色彩、形形色色的思想。可我弟弟在后来却一口咬定父亲是在玩猫捉老鼠的游戏，因为我父亲总是在听完许许多多的诉苦以后，才不慌不忙地从口袋里掏出准备好的钱发放。我弟弟在大柳庄之行回来的路上就和父亲吵开了。他讽刺父亲说，他应该把那一张张十元换成一元或者一角，这样拿出手的时候显得更多更漂亮。 父亲说这是我辛苦赚来的钱，我愿意把它怎么样就怎么样。 我弟弟说你这样做是在施舍，懂吗？ 父亲说，这有什么奇怪的。这是施舍，谁不知道这是施舍？ 他们需要的就是施舍。 我弟弟说你可以换一个方式帮助他们。 父亲不耐烦地叫起来，难道要我既损失钱又要费心照顾别人的自尊心吗？ 儿子，如果你换在我的位置上，你也只能选择这种方式。 别人不需要你如此挂心上，你最重要的是把自己挂在心上。 我弟弟沉默了，眼睛看着窗外，在默思中，他把自己换到父亲的角色。他反复衡量，反复思考，从各个角度为父亲的行为找出理由和实施的必然性。 最后他毅然地对父亲说："不，我决不会像你这样污辱他们。"

弟弟曾经发誓要报答大柳庄人对他的爱护，但他至今没有实现诺言。 至于原因，情况不明，也许被我父亲当年说中了，我弟弟找不到有别于父亲的更好的做法。 但在当时，我弟弟迈着短短的小细腿，端着比他小不了多少的盛满饭的大海碗，跨进每一家门槛，确实给大柳庄人带来了最直截了当的最实质性好处。 因此，大柳庄人极是喜爱他。 他在这里受到成年人的待遇：他可以面对面地与各位长者坐在一条凳子上对话，从而感受浓醇的人情。 但我的弟弟在长大成人后，不知道出于怎样的心理把起初的原因剔除了。 把结果安排成原因：因为他受到了温暖的关怀，所以他对大柳庄怀有美好的感觉。 我弟弟在这种偏差的美好回忆中固定了自己的人生观。 实际中的大柳庄在他心中淡化了，只留下关于美的误差性概念。 他把这种概念发展成衡量现实世界的参照。我弟弟就是这样一步一步远离了现实世界而囿于他的丰富美丽的内心世界。

当他从他厌恶的那个世界仓皇出逃时（他的房间里撒了一地的零碎衣物，他甚至忘了拿他的一副二百多度的眼镜），我想过一个问题：他为什么选择了西藏而不是大柳庄？ 与大柳庄相比较，西藏的梦更遥远艰辛充满危机，他为什么舍近求远、舍易取难呢？ 我忽然明白了：弟弟是个极聪明的人。 他的聪明在于避开有损于他内心世界的一些事。我父亲馈赠钱时，大柳庄表现出的感激，或者诸如此类的过激情绪时，弟弟一定受到了震动。 他一定后悔看见父亲成全虚荣心的举动，他被父亲的举动伤害了，所以他才恼怒地和父亲大吵大闹。 弟弟其实一直很聪明，弟弟在五六岁时就表现出了他的不凡的聪明。 他那时候的聪明就与他后来在商界中的处事原则相一致：实际、轻松、收放自如。

弟弟小时候的聪明表现出他的另一面人格。 我们的房东于大妈是极喜欢我弟弟的，寡妇人家的禁忌是出去串门，她就常在晚上把我弟弟抱在她床上，抽着她那黑腻腻的烟斗，一边呵斥着孙子，一边听我弟弟说话。 忽然有一天，我想是借于大妈那盏跳动不已的煤油灯，我弟弟看见了于大妈的耳朵上跳跃着灯光一般晶莹的黄光。 弟弟忽然呆住，他偏着头死盯住于大妈的耳朵看。 于大妈后来对人形容我弟弟的神态只用了三个字："吓人呢。"

于大妈在我弟弟的注视下下意识地捂住了耳朵。我弟弟却沉思着别过头去，两条腿"啪嗒啪嗒"地击打着空气。他若无其事地问于大妈："这是什么东西？"

于大妈告诉我弟弟这是金耳环。

这个孩子就再次打量于大妈的耳朵。冥冥之中是什么因素把他突然唤醒了。弟弟站起到床上，采取了最简单的利己行为，这种行为也是后来我弟弟在某种僵硬的思维方式中逐渐消失殆尽的。我弟弟紧紧抓住大妈的耳朵，于大妈左右躲闪不开，低吼一声："疼哪。"

于是我弟弟最终没有把耳环抢到手。第二天早上，他拿了一把东西来换于大妈的金耳环，计有：他自己吃剩的五粒驱蛔虫宝塔糖，一把新牙刷，一块新的方格子男式手帕。这些东西即使在物资匮乏的年代也是普通的物品，但宝塔糖的可贵之处不在于驱虫的功能，而在于甜，入口又甜又沙。牙刷的可贵之处在于，是我的父亲昨天晚上从上海出差带回来的。宝塔糖马上给于大妈的孙子抢跑了。于大妈思考了一下，就收下了牙刷和手帕，再从耳朵上取下一只金耳环放在弟弟的手心里。六七年后于大妈一定会为她的举动后悔。但在当时，金子对人没有多大用处。于大妈收下香喷喷的手帕压在箱底下，她的二儿子请人带信说过几天就回来。于大妈收下牙刷，配上她二儿子获奖得到的搪瓷杯，让她的大儿媳、二儿媳、三儿媳沾上盐水轮流刷牙了。

所以我说，我弟弟作为一个人，一开始心理很健康，行为都很正常。金耳环事件对他的心理来说是完成了一次利己主义的潜度，他的行为具有了人类进入私有制社会后的商业行为：交换。这只金耳环弟弟一直保存着，他曾经和我说起过这只金耳环，忏悔伴随着对大柳庄美好人情的感激，弟弟一如既往地剔去了事物的本质（他否定这种本质，因为他认为这种本质是丑恶的）。使之如石块一样沉于深水之中，而在他的水面上就升起了美丽的莲花。

如果承认人具有喜欢追忆过去、粉饰过去的特性，那么我弟弟的心情就很容易理解。但我的弟弟，粉饰过去不仅仅为了心理的需要，他把粉饰后产生的事件内涵，作为自己遵循的规范。

上面说过我父亲在 1992 年回到大柳庄，风光了几天。他在激烈如战场的商场中抽出几天的空暇其实不易。其中重要的原因就是他想洗刷在这里留下的不愉快的记忆：1977 年他作为盗窃犯被捕。逮捕他的当天，整个乡里都轰动了。

他的被捕是因一起桃色新闻引起的。

大柳庄的旁边有个徐庄，徐庄和大柳庄隔了一条河，可以说是一衣带水了。徐庄里面有一个不姓徐的下放知青姓岳，姓岳的知青娶了邻近公社姓黄的女知青。小岳、小黄都是苏南人，丈夫羸弱、妻子懒惰，这样的两个人凑在了一起，除了不断地让日子过得难受，再也没别的内容。他们自留地里的草长得比麦子还高，奇怪的是他们的孩子却如雨后春笋般"繁荣昌盛"。 小岳对着四个孩子唉声叹气愁眉苦脸的时候，小黄却跨出了改善生活的第一步：和大队书记勾搭上了。 这是一桩互不吃亏的交易。 书记乐意和女知青浪漫一番，女知青家的口粮和工分却凭空地多了起来，有时候还会有一段衣料、一只猪腿之类的东西。 这一对知青夫妻开始打架，从床上打到地上，丈夫用尽了力气，气喘吁吁，妻子眼泪一把鼻涕一把。 四个孩子的哭号声就像一群黑夜里的小狼崽在嗥叫。 因而妻子一次又一次地上吊，丈夫一次又一次地把她解救下来，两个人好像在上吊和被解救过程中获得了家庭的乐趣。 妻子不再上吊，丈夫发誓要让妻子儿女吃饱吃好。 丈夫小岳是个老实人，他一定是在无计可施的情况下，才铤而走险地与人合伙偷了一台机器。 他把机器卸成零块藏在他家屋后的稻草堆里，准备当成废铜烂铁卖给废品收购站。

我父亲当时在公社办的机排站搞销售，他是戴帽右派，有大专学历，在乡下，他被人家尊称为"先生"。

男知青小岳在几场雨过后，偷偷扒开草堆一看，发现铁上生锈了。 锈不多，但已经令他有些焦急，他听人说锈会"吃"铁的。 于是他冒冒失失地来求父亲了。 父亲跟着他到草堆边扒开一看，心中豁然明白这是一台完整的机器。 父亲心中明白后站在草堆边沉吟了许久，走在路上也是边走边想，回到家中就对着窗外出神。 而后他买下这台机器，因为站里也正好需要这种机器。 父亲做出这一决定有两个因素：一是同情，二是有利可图。 我认为更多的是出于后者，当时流行的一句话是：世上没有无缘无故的爱，也没有无缘无故的恨。 父亲不可能只是为了同情而把自己推向犯罪的境地，作为一个国家的销售人员，他知道这种机器只会来源于一种地方：国家的大厂。 但他还是铤而走险了。 他用低价收购了这台机器，又以国家牌价转卖到机排站里。 小岳自然是千恩万谢，父亲同时也解除了自身的困境。 作为一个男人，我父亲和小岳的处境是一样的，他得养活妻子儿女，我和弟弟正在上学、长个子，而母亲从来没有做过真正的农活，作为一个家庭妇女，她尽心尽力抚养我们，帮助丈夫。

　　不久东窗事发，父亲起先作为知情者被公安机关传讯。我猜想父亲曾经与小岳有过某种暗示性的约定。 父亲是个聪明人，他不可能让小岳说出机器的底细，那样的话，他就被动了。 那暗示性的约定是必需的自我保护。 公安局的人找到我父亲，请他协助调查这件事。 如果父亲这时候全部交代清楚，我想他不会为了这件事吃那么多的苦头的。 但我父亲全然没有坦白的打算，刚硬的脾气发作，拒不交代。 他说他不知道机器是偷来的。 他是太看重那个约定了。 但是小岳一口咬定我父亲是明白机器的来源的。 从这件事过后，我父亲从不相信任何人的口头许诺，哪怕白纸黑字的合同，他也会指着说："这种东西，骗骗人而已。 做生意的，千万不要让它迷惑。"

父亲在以后除了不相信别人的口头许诺，是不是也会用口头的或纸上的约定去迷惑别人？ 弟弟极端的理想主义，最初的动机是否只是想反叛父亲的人生信条？

知青小岳很快地交代了所有的犯罪事实，我父亲被作为同犯判了三年徒刑。 小岳漫长的服刑期满后，我父亲已在中学里守大门，度他一生中最轻松的日子。 小岳出来后费尽周折地打听出我家的住址，找上门来，未说话就跪倒在我家的门槛外面，他跪了足足有五分钟。 他说来世必定做牛做马报答我父亲。 他说得那么斩钉截铁，说明他对今生今世已失去希望。

知青小岳第二次许下了无法实现的诺言，他似乎卸去了心头的重负，十分钟后他走了。 每个人都很平静，只有我弟弟热泪似乎要夺眶而出。 很多年了，父亲坐牢的经历他一直作为耻辱缄口不言，现在我弟弟终于找到了破译这件事的金钥匙，他解了心头的结，又让自己的水面盛开了新的莲花。他开始向他的朋友讲述这件事，于是这件事就如同童话般的美好，我父亲成了解救别人于危难而不幸蒙难的人，十多年后那个出卖他的人在他面前下跪了。 故事中具有了这些东西：高尚和信义，蒙难和忧郁。 但在我看来那五分钟的下跪却有十分不协调的地方，我父亲和小岳的事是可笑的。 弟弟却这样利用了这件事，更深地把自己引入他设计的那个天地。 在他的天地里，人生实质性的苦难没有了，五分钟下跪引出的肤浅的美丽，使得一切都短暂而微不足道了。

　　我想，我已经基本上说清楚了弟弟抗拒我父亲的原因，这原因在于他对社会和人生有着顽固的理想化审美倾向。一个人在择定自己的观点时，一定会同时使用两种方式：排斥和吸收。上面我说过，弟弟一步步远离现实世界而囿于他的内心，大柳庄是原因之一，父亲和小岳之间发生的事是原因之二。他从这上面吸取的东西使他极力抗拒进入商界。商界在他的心目中几乎是丑陋的代名词。弟弟一方面把误差的美好概念存入内心，一方面把无法误差的事物作为禁锢自己的理由，我想这就是弟弟落后于社会的原因。弟弟对商界产生反感，尚有另外一个原因，这就不得不说起父亲的爷爷。

　　父亲的爷爷本是江南乡下的一个农民，后来他来到上海滩并在这里发家致富，其中的经过和原因已无法知晓。据说他在经商中使用了一些令人反感的手段，因而他很快致富并成为远近闻名的泼皮人物。这种人物我们在古典小说中经常看到，譬如《水浒传》中的蒋门神、郑屠户之类。在三十五岁那年他果断地了结了与他同居多年、竭尽全力为他周旋的从良娼妓的关系，回到老家去娶了一位健康结实的女人。这个女人不负厚望，一口气让我的老太爷做了八个孩子的父亲。临到五十岁生日的那天还生了个老么；她七十岁时，还是神清气爽，满脸红光。七十一岁和大儿子打官司，她用砖头砸破自己的头，告了大儿子忤逆罪。她在法庭上哭声惊天动地，摄人心神。法官最后把家族的产业管理权从大儿子手中判给她时，她大宴客三天。 我从亲戚的家里看见过我老太爷和太婆的一张合影。 老太爷的脸色凶横，一只手叉在腰里，一只脚搁在凳子上。 我的太婆横眉立目地站在旁边，脸色冰冷。 看得出她模仿着我老太爷的为人处世，两个人都是手粗脚大，流露无遗的自满嚣张，使整张照片有了一种醒目的粗鄙。 老太爷和太婆都是地道的农民，本身在离开家乡时没有劣迹，祖上各代都安分守己，他们是后来才变成了一对令人生畏的人物。 听说他们与人做生意时，凶悍而不近情理。 我们不可以把这种变化归结为环境所致，只能说他们具有了某种强烈的欲望，在欲望的驱使下，他们才变化了。 正因为变化了，他们才成功了。 老太爷的发家史，就是一部改写自己的历史。 社会总是这样的奇怪：为什么没有了道德规范的约束，他反而有了强大的生存力？

但我老太爷和太婆的处世方式深深地腐蚀了第二代。 老太爷死后，太婆把财产管理权争夺到手，八个孩子明争暗斗，财产被瓜分得支离破碎，热闹的大家庭也分崩离析。 老太爷创下的家业没有再度辉煌。 可想而知，我父亲在这样一个家庭中能感受到什么。 在他的周围只有一个人值得他永久地纪念，这个人是他的母亲。 她把我父亲生下来七天后，染上产褥热而撒手归天了。 她没有留下一张照片供我父亲瞻仰，因而我的父亲只能从他的阿姨身上，推断出他的母亲该是善良美丽平和勤劳的一个人。 他的推断似有主观之嫌，但谁说不是合情合理的？ 父亲后来以异乎寻常的热情与他的阿姨频繁地往来，他的心里必定从中得到了安慰，他所寄托的对人世的一点美好的看法也有了着落之处。 而我的爷爷在我奶奶死了不久之后，立刻成了一个寻花问柳的好手。 他在他认为必要的日子里，打扮整齐：头颈里戴好金链条，西装口袋里揣上怀表，手腕上还套着手表，十只手指上戴满金戒指。 逛说下乡去看看地里的收租情况或者别的什么情况。等到很久后归来，他的身上只剩下内衣内裤，就像遭过一场生死大劫。

我的父亲一直对他的父亲讳莫如深，也许他明智地认为不应该拿很多年前的又脏又破的事情来干扰我们。 但父亲在一次酒后打破了沉默，第一次说了他父亲的事情。 他说从前啊，那是很久了吧。 有一年的年三十晚上，他饿着肚子在家里等着父亲回来。 他父亲的兄弟姐妹们全都分了家，大分家时为了财产彼此结下了刻骨仇恨，因此，谁也不会来照管这个七天就失去母亲的孤儿（我当时发现弟弟神色似有恐惧）。 父亲继续回忆：他的父亲拿了几枚金戒指去换米和一些好吃的，他就坐在楼梯上，在黑暗中等待着（弟弟的神色似有厌恶）。

这时你完全可以想象出一个需要吃饱和温暖的孩子，是怀着怎样的心情坐在楼梯上。 他的心呈现出某种易碎的敏感，他的直觉在黑暗中如刀子一样锋利，他那一点愿望把空间填满了。 未来因此变得甜蜜、辛酸而不可预测。

半夜里，门开了。 进来两个人：一个是他的父亲，另一个是陌生的女人。 陌生女人说："你怎么还有这么个小可怜？"这孩子的父亲就飞起一脚把孩子踢到楼梯底下，并喝一声："嚯。"

我父亲讲述这个故事时，我和弟弟早已过了靠长辈教训的年龄了，所以父亲的故事并未让我们感觉到有忆苦思甜的意思。 我们在心里已把父亲当作朋友一辈。 我想父亲以前受了多么沉重的难言的伤害啊。 有的人一生当中很少体会到美好的东西，那不是他的错，实在是运气不好，上帝没有好好地看顾他。

父亲讲完这个故事，我弟弟仓皇地四下里张望，好像空气里还流动着那个惊天动地的"嚯"。 他站起来又坐下，脸上突然出现极度的不快，咕哝道："讲什么讲？ 有什么意思。 大家不快活。"我弟弟不近情理的话让我的父母呆坐着，过了好一刻他们才恢复常态，两个人对视一眼，不尽地怜悯和悲哀。 我父亲酒意全消，他与我母亲同时推开杯盏离开餐厅。 这是 1992 年除夕之夜的事情，我弟弟读大专二年级，夏季就是他毕业的时候。 父亲就是在这个时候定下了把弟弟逼进商界的决定，以父亲的观点来说，我弟弟只有进入商界进行拼搏，才有可能让他自己进步和成熟。

这一年的除夕之夜过得很沉闷。 我弟弟在我父亲母亲离开餐桌后，走出了家门，他临走的时候一再对我说："这种事讲有什么意思？ 你说说。 我问你讲它有什么意思，这么丑的事也值得讲出来？"

　　我平心而论确实没有什么意思，但我告诉弟弟应该让父亲有一个宣泄的机会，他是个很不愿意公开自己的人，今天他这样宣泄了，就应该为他高兴。

　　弟弟说："哦，你这么实际的人也会替别人考虑了？ 祝贺你了，我觉得你今夜不再面目可憎。"我弟弟走后，1992年的除夕之夜就这样结束了。 在父亲讲述完那个令人不快的故事后，他所遭受的苦难实质上一点不漏地转嫁到了我弟弟身上，他感受到的苦难甚至比父亲还要多。 贪婪和冷漠覆盖了人性中的其他特征，我弟弟本能地厌恶这一切。

　　弟弟的成长是缓慢而沉重的。 因而，当我叙述他成长的历程时，也相应显出了缓慢和沉重。 对于弟弟来说，阻碍他成长的因素多而复杂，因此他的成长就不可能是某时某刻的"顿悟"，必定如蜕壳一般难受而缓慢。 内因和外因的一般关系在弟弟的身上反映得彻底：外界的因素影响了弟弟的人生观，被外界影响了的人生观反过来影响弟弟和外界的关系，这就像一枚受精的鸡蛋终于孵出了一只小鸡。

　　弟弟出走西藏的那些日子里，我一直很有信心地等待他突然出现在家里。 1991年的除夕过后，他也悄悄地出走过一次，那一次是为了钟老师在年三十晚上贴出的对联。 我弟弟是唯一被那副对联打伤的人，他出走了一个月。 在一个月当中他思考了如下问题：

　　一、世上产生丑恶的根源在于不公平、不平等。 贫富不均就能造成最大的不公平、不平等。

二、人民公社、大锅饭就是想让人人感到公平、平等。

父亲毫不留情地尖刻地嘲笑他的观点，说大家都光着屁股喝西北风，哪有不亲如一家的？但即使是一家，亲如父子兄弟的，也会为了一枚铜板谋财害命。他活了六十几岁，见得多了。弟弟听了，冷笑一声，面如死色。

我相信弟弟在两年之内会回家。弟弟不是一个实践的人，他从不知道下一步要干什么，干了之后也不能判断行为的对否，所以他每一次采取行动的原因都是值得推敲的，他无法坚持下去。

我的女儿一周岁生日那天，他真的回来了，离开家一年零两个月后。他可能有意选择了这一天回来。

他在火车站给家里打了一个电话，咋咋呼呼地说："是我，我回来了。看见家乡太兴奋了。你最好到巷子口来接我。"我赶紧放下电话告诉父母。母亲慌忙在观音菩萨面前敬了一炷香，对空祷告一番。转眼又在财神爷面前敬了一炷香。她的行动是意味深长的。我不顾父亲的反对，抱了女儿真的到巷子口站着了。过了一刻钟弟弟从出租车里钻出来，之所以说他"钻"，因为在我的感觉里他仿佛长高长胖了。看来西藏稀薄的空气反而让他得到愉快。他长了一脸的络腮胡子，外表上风尘仆仆，神情坦然，仿佛经过了灵魂的洗礼。我很想知道他这次思考了哪几个问题。我们见面了，笑着寒暄，而后我问他是不是认为贫富不均是造成丑恶现象的最根本原因。 我弟弟在络腮胡子里眨眼睛，看出我的不怀好意，但他并不想回避这个问题，以他一贯的煞有介事的认真说：是的。

一切都没有改变，还是老样子。

弟弟给了每人一样西藏的物品，唯有给父亲一枚古铜钱。 父亲有意无意地把这枚铜钱放在了厨房的洗手池边，漫不经意地让它搁置了好几天，以至我以为父亲会扔掉它的。 我弟弟把铜钱拿出来的时候说，爸，你爱钱，我就送给你。弟弟坦率的态度缓了这句话尖刻的讽刺。 父亲不作声，看着我弟弟走进浴室。 我弟弟在浴室里改头换面地出来时，我父亲才收回注视的目光。 我弟弟坐到餐桌边，谈起了西藏的所见所闻，他眉飞色舞，对西藏的风土人情，对西藏人的粗犷质朴和对神灵的极度虔诚赞不绝口。 他一边说一边吃，吃完了也说完了，而后他摸摸刮得干干净净的脸说："我回来干什么呢？"

他穿上 T 恤衫和西裤，准备出去了。 他一边费劲地套袜子，一边还在问："我回来干什么呢？"父亲的手突然颤抖起来，脸上出现无可遏制的苍老。

弟弟出门的第一站是钟千媚的工作单位，他被告知钟千媚不在此处，半年前辞职到什么饭店去了，至于什么饭店无可奉告。 我弟弟站在初秋的薄暮里，梦游似的看着路上的行人如蚁虫般来来往往。 他还记得钟老师的那副对联叫作"物是人非"什么的，这时他真有了那种迷离恍惚、物是人非的感觉。 他想人最感无奈的可能就是这种物是人非的境况。 我弟弟无奈地离开。

他的第二站是一爿叫作"老客"的小酒店，他的狐朋狗党酒肉朋友全都聚集在里面给他接风。 这些未婚或刚婚的男孩子狂饮一通，最后交流对女性的新认识。 弟弟发现自己不能习惯那些议论女人的新的时髦用语，但他不能让自己显得不合群，他端起酒杯说："我是 20 世纪里十八岁以上的唯一的处男。"他的话引来一阵哄堂大笑。 男孩子们开始说下流话。 我弟弟就向钟千里打听千媚，钟千里斜着眼睛，冷冷地告诉我弟弟应该换一个时辰向他打听钟千媚。 我弟弟说："哥们儿，讲究起来了？"钟千里不屑地说："你什么东西？"我弟弟捶一下桌子："怎么？"钟千里站起来："凭你？"我弟弟也站起来，怒目而对："我在西藏也和人打过架，不过没跟朋友打过。"我弟弟说道"朋友"二字，突然眼睛湿红，以至不能再正视钟千里。 钟千里脸上现出鄙夷："你什么地方比别人高明？ 请指教。 卵泡大是不是？ 大又回来干什么？"我弟弟劈面一把抓住千里的领子："兄弟我主要想你妹妹。"

众朋友一哄而上，嚷道："喝醉了，喝醉了。"拉的拉，架的架，把他们分开了。 我弟弟明白过来的时候，已经在酒家门外了。 他不知道是谁把他搡到了门外，他也没有细想朋友们待他有什么异样的地方。 在他看来，朋友就是朋友，朋友之间是最真诚最纯洁的。 甚至他也没有计较千里的态度，他想这是一个哥哥在维护妹妹的尊严而已。 我弟弟离开了酒家，在公用电话亭里打了电话给钟千媚的一位女友，女友告诉他钟千媚在蓝云大酒店里当领班小姐，还顺便告诉我弟弟有空的话可以去找她。

我弟弟此时已灌足了啤酒，他脑袋麻木，脚底飘忽，处于酒后的最佳状态。 他恍惚觉得蓝云大酒店在不远处，正好以步当车，让酒味散发掉，这样对钟千媚也表示出尊重。 他走了好久才发觉自己的记忆出了差错，于是他叫了一辆出租车驶向蓝云大酒店。 出租车开了一会儿，我弟弟忽地又想起应当尊重钟千媚，他叫出租车停下，问了蓝云大酒店的方向，就走了过去。

他到达蓝云大酒店时已是 9 点多钟，自以为身上酒意全消了。 他在餐饮服务部一眼就看见了钟千媚，他认为钟千媚的口红涂得太鲜艳，眼睛里汪着水光，这些都是不太正经的标志。 于是他生气起来，一把拉住钟千媚的袖子，气势汹汹地嚷开了。 他说你怎么好意思当吧台女郎，你知道吗，这是一门阴暗的职业。 是不是这儿赚钱多？ 喏，我有钱，都给你。 他把我父亲给他的零用钱毫不心疼地满地乱甩。

钟千媚平心静气，她闻到了一股酒气，而后她认出是谁。 她向一位女服务员招手示意，自己迅速地消失在酒店富丽堂皇的走廊里。 她不想在这时候让我弟弟纠缠不休。 而我弟弟在女服务员的安排下，痛痛快快地卧在角落的沙发上睡了一觉。 他醒来的一刹那间心怀恐惧，以为是睡在西藏的某个肮脏简陋的小旅馆里（不可与人言说的真实啊）。 当他看见了墙壁上悬挂的豪华的壁灯，恐惧就如潮水一般退却了，代之的是有关家的概念：温暖、舒适、平安。 西藏的日日夜夜成了他永不再想重复的一个梦。

第二天下午，他接到了钟千媚的电话，三言两语刚过，我弟弟就提出了约会的要求。 放下电话，他颇有些如梦初醒的感觉，那是当初偷偷送上一朵月季花所不能比拟的。 什么叫"蓦然回首，那人却在灯火阑珊处"？ 这种情形就是了。我弟弟的心里充满了对圆满结局的感激：父亲已和他谈过了，尊重他的意愿，他想干什么就干什么，他不想进入商界那也悉听尊便。 我弟弟想，他得找一份喜欢的工作，娶一个称心的妻子，过一种既不窘迫也不富裕的生活，与别人无争无斗地一天一天重复着琐碎的安乐和温暖。

弟弟对"家"所勾勒的蓝图就是这样一种退守。

钟千媚在答应约会时有过一会儿的犹豫不决，但我弟弟迫切的声音不让她再作第二种考虑。 钟千媚答应在水上花园里约会，但她又闪烁其词地说别让双方的家长知道这件事，因为这不过是一个很平常很普通的约会。

1993 年的 10 月份，我家卖掉了那幢引发风波的楼房，我就再也没有见过钟家夫妇。 在我的记忆中，那副"是是非非"的对联几乎是钟老师最后幽怨的面孔。 而现在，钟家和我家的关系变得扑朔迷离。 据我了解，我弟弟在钟千媚之前没有爱过异性。 因为我弟弟和钟千媚的关系，我家和钟家再次产生了瓜葛。 历史上两家有着数不清的陈年老账，随着时间和形势的变化，两家更迭着胜负的场地。

我家和钟家，在我出生后的第二年就是邻居了。 钟家住着前面的两大间屋子，我家在他家的后面，小小的一间，以前是用作厨房的。 母亲在搬进去之前，用报纸把熏得发黑油腻的墙壁全部糊起来。 母亲说，我家搬进去的时候，钟家的女人，刚怀孕的莫老师，掀开她的后窗帘，不怀好意地数看我家简陋的几样家具。 她那不带表情的眼珠子骨碌乱转，母亲的心中就此感到了女人之间的一种芥蒂。 她心中很不能平静，如果公平地做个比较的话（钟老师是中学里语文课教学楷模，我父亲是教地理的普通教员。 钟老师是校长的红人，我父亲则沉默寡言，默默无闻），钟家和我家的住房条件没有丝毫不妥。 但母亲另有一种比较：钟家还没有小孩，我家三口人却住得如此拥挤。 于是两个女人天天照面，却从不说话。 当钟家的女人每次掀开后窗帘进行例行公事的窥察时，母亲总要找个理由给父亲看脸色。 母亲已经看够了一墙的报纸，她感到了绝望。

我的弟弟出生后，我家里养了一只黄色的猫。 小黄猫经常吃不饱，就在外面干起了偷偷摸摸的勾当。 它抓开了钟家的碗橱，吃掉了一块排骨，在它激动无比地抓住第二块排骨时，被莫老师连头带颈地抓着了。 小黄猫才一岁多点，既缺乏经验又缺乏勇气，所以它令人羞惭地伸长了躯体一动不动。 莫老师一手抓住小黄猫，一手提住那酱排骨。 她神态自若地走进我家，我家吃过的晚饭碗堆放在桌子上，母亲正给我弟弟喂牛奶。 莫老师把排骨扔到我母亲的脚边，把小黄猫扔到排骨旁边。 小黄猫跳起来一口叼住排骨，穷相毕露，"嗖"地跳上屋脊不见了。 我母亲眼皮都没有抬，莫老师走后，她才掀起一只眼睛轻描淡写地瞄瞄父亲。 父亲就躺到床上去了。

在人类各式各样的歧视里，最有力的是经济上的歧视，而各式各样的歧视最后会殊途同归为经济上的歧视。 莫老师在教育局里管理档案，她应该知道父亲的出身，父亲充满铜臭的祖上会令她耻笑不已。 如果把她与钟老师两个人的祖上（他们的祖上都是书香门第）与父亲的祖上相比，她生出的*丝丝优越感*是不奇怪的。 奇怪的是，她经常从我家的饮食起居中寻求优越感。 这是 1968 年，那时所有宣传都在极力铲除人们头脑中的资产阶级思想，树立穷是光荣的观念。

"文革"时期钟老师戴上了"高帽子"，这是我母亲扬眉吐气的好时光。 她哼了一声："叫你狂。 现在就是要收拾你们这号人。"这还有什么可说的——三代书香门第修来一个"臭老九"。 时间不长，我父亲也成了右派。 而后我们在一个秋风萧瑟的天气里全家下放，直至重新回到被报纸糊满的屋子。

两家人经过了十几年的时光，风风雨雨并未冲淡他们之间的芥蒂。 只是因为年龄大了，双方都不再剑拔弩张。 他们都经历了磨难，也都习惯了起伏不定的人生。 他们都成了有韧性、有信心的人。

这是我弟弟第一次恋爱的背景情况。 不过我弟弟用他惯常的轻松处理了这种局面：他认为他和钟千媚重复着罗密欧和朱丽叶的故事。 因为有账可查，有样子可循，我弟弟不觉得压力。 双方父母不睦的背景只是历史和环境所造成的，甚至与心情也无关。

弟弟很快厌烦了约会的方式，他跟钟千媚，从小在一起玩，看电影、逛街、见彼此的朋友，熟悉得失去了敏感。 他发现钟千媚也有些不耐烦。 弟弟就在想，是不是让两个人进一步熟悉呢？ 但他接收不到钟千媚那边释放出的信息，弟弟只能悄悄地摸摸钟千媚的手，压下心里蹿上蹿下的欲望，心酸地对钟千媚说："你看，我是多么爱惜你。 像我这样的君子已经不多了，但愿你能好好地爱惜我。"朋友的聚会当中，每当谈起性方面的事，弟弟基本上只是个忠实的听众。他很惊讶平时在女性面前面红心跳的朋友们，一谈起女性便是如此的眉飞色舞。 女性对于他们来讲，是一架让他们登上男性屋顶的梯子。 譬如说他们会想办法了解对方是否处女，约会时突然通知女方说今天有事改天再约，发火时会把女方顶在墙上痛打一顿，女方要是母亲不同意他们往来而啼哭不已时，他们会轻松地说声"拜拜"，跟她分手。 这些事都让我弟弟惊讶不已，不要说做了，想一想都是对女性的污辱。

　　弟弟现在进退维谷，他发现钟千媚在他们的关系中欲进欲退。　钟千媚忽喜忽愁，忽而懒懒地朝我弟弟身上一靠，忽而又严正地坐直了身子。　她毫不掩饰自己的情绪，因而我弟弟接收到的信息就杂乱无章了。　钟千媚就像舞台上的演员，四壁的灯光全部投射在她身上，但愈是明亮清楚，台下的人看着，愈是迷离恍惚。　我弟弟还是那样想法，认为钟千媚对两家存有的矛盾而心怀恐惧。　我弟弟开玩笑地说让我们殉情自杀吧，或者说让我们私奔到西藏去吧。　钟千媚对弟弟的努力置若罔闻，淡然一笑或不笑。　我弟弟无法可施，只得大肆诋毁起自己的父母，他把他目前不能伸展的生活统统归结于父母，父母伤害了许多人，其中有他们的儿子。　但钟千媚却说很佩服我的父母，而她自己的父母，并不是别人看的那么清高，他们很可怜，不是给权势伤害了就是给金钱伤害了。我弟弟惊愕于千媚残酷的冷静，冷静的女孩子大都实际。　很实际的女孩就不可爱了。

　　就在钟千媚浮躁不安时，家里发生了一件事：钟老师自杀了。　像连锁反应似的，钟千里辞去国营厂的工作，跑到南方做生意去了。　钟千媚也就突然地恢复了果决的性格，淡然而坚决地要求我弟弟不要再去打扰她。

　　谁都知道钟老师的死与我家有着微妙的联系。　自从我家搬走后，表面上看来他恢复了平静。　在他生命的最后一年里，他经常无缘无故地发火，偏激地嘲讽别人对物质的追求，他拒绝了别人邀请他出去补课捞外快的建议。　经常地拒绝，夫妻俩就经常地吵架，钟老师就变本加厉地敌视一切，他躲进了卧室，除了吃饭，轻易不出来。 他在卧室酣然大睡，好像总也睡不够的样子。 当他清醒的时候，他就掀开后窗帘朝后面的楼房观望，就像莫老师当年做的那样。 他漠然、平静，有着痴呆的认真。 莫老师说："老头子呀，你不要这样看，你看得我心里害怕。"钟老师这样的神态，这样地看，因为他脑子没有毛病，身体又没有毛病，所以莫老师忍无可忍，终于骂道："你死吧，你去死吧。"莫老师出去买了一趟菜，钟老师就吃了莫老师的半瓶安眠药死了。

　　钟老师的丧事期间，我弟弟乘着钟家人多混乱时去了一趟。 他挤在门外的人堆里，为钟老师而难过万分。 而后他看见钟千媚披麻戴孝地跪在灵前，那种单纯的悲哀让我弟弟难以忘怀。 我弟弟突然觉得情绪复杂的钟千媚是假的，只有这个单纯的钟千媚才是真的。 那个化了妆的钟千媚是假的，这个脸色黄黄的嘴唇干燥苍白的是真的。 我弟弟站在人堆里出了一会儿神，突然所有的记忆之门都打开了，我弟弟看见了各个时期的最纯真的钟千媚，他甚至还记起钟千媚五岁的时候经常穿着一条天蓝色的短裤。 每当看见她穿着天蓝色的短裤在树下看蚂蚁，我弟弟就忍不住看看她家的窗帘是否不见了，因为她家的窗帘也是那种天蓝色的布料。

　　弟弟从钟家出来，发现自己刚找到了恋爱的感觉：不是紧张的激烈的甜蜜的，而是有些心酸的，似哭非哭的，懒懒的，头脑有些晕乎，分不清东西南北，时间似乎定格了，而心中却渴望迷失。

钟老师的葬礼过后，钟千媚开始回避我弟弟。 弟弟约会的要求总是被她以母亲需要人陪为理由拒绝。 我弟弟在不祥的预感中度日如年，这期间他天天喝得酩酊大醉，与别人豪赌，为一句不相干的话打得翻天覆地。 经常有人看见他喝醉了酒躺在马路上。 三个月后，钟千媚打电话来约我弟弟出去，直截了当地告诉我弟弟她要结婚了。 她那直接的方式使我弟弟忽然之间明白：她从来没有爱过他。

弟弟愣了，酸楚地说："那家伙是谁？ 不是个白痴吧？"

钟千媚告诉他她嫁的是一个台湾商人。

弟弟问明白这个商人的年龄、长相、资产，而后说："我的条件优于他——年龄上的，身体上的，为什么不选择我而选择了他？"弟弟接着问是不是因为家庭的原因。 钟千媚冷笑了一声，说："你这个人，什么时候让自己聪明一些。"弟弟又问："那么，为什么玩弄我的感情？"钟千媚大叫起来："你不要这样没出息好不好？ 现在就连女人都不用'玩弄'这两个字了。"我弟弟站起来，一把揪住千媚的头发："为什么？ 说个明白。"钟千媚极力挣脱，为了减轻头发的疼痛，她索性把头顶到我弟弟的胸口上，夜色朦胧中看上去就像一对相亲相爱的恋人。 钟千媚挣脱不开，眼泪涌了出来："请你放开我，我告诉你理由。"我弟弟固执地说："你先讲了再放。"钟千媚伤心地说："我是想爱你的。"我弟弟把她的头

2018 年 10 月在甘肃。茫茫沙漠，流沙万里

1996 年,创作中篇小说《成长如蜕》的日子

2004 年,和苏州的文友在一起

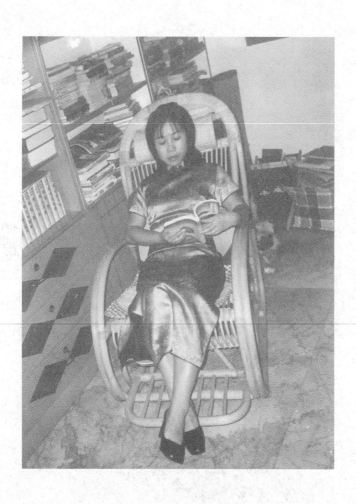

2002 年在家中的书房看书

2002 年，与朱辉（左一）、范小青（右二）、朱文颖（右一）

2010 年，和家人在绍兴鲁迅纪念馆前

2017 年 1 月与儿子叶迟在苏州东山包山寺

2019 年 11 月在乌镇戏剧节上

2006 年冬,和弟弟回到 1970 年下放的三灶村,慨叹"这条小河,在我们的眼里,曾经是一条大河"

2017 年在天津,与韩新枝(中)、迟子建(右)

2020 年 11 月与邵丽(左)、金仁顺(中)

发抓得更紧："请你重新找一个理由，不要说爱。"钟千媚呜咽有声："我是为了钱，他比你钱多。"我弟弟放开手说："这么说才对。"钟千媚马上跑开了，但我弟弟追上了她。他需要发泄，渴望蹂躏这个伤害他的女人。 我弟弟拉拉扯扯地纠缠，钟千媚像一只受惊无力的兔子在马路上跑跑停停。我弟弟借着夜幕的掩护，时而搂着她，时而狂热地在她身上摸索，对她说下流话，想把她劫持到角落里破坏她。 我弟弟满腔怒火而又充满了欲望，他完全没有了翩翩的君子风度，悲天悯人的形象不复存在。 我弟弟在追逐千媚的过程中尝到了解脱的轻松。 他们走走停停，最后到了钟千媚的家门口。钟千媚倚着院子的大门，面对着我弟弟，她喘着气，脸色有些半推半就了。 她不去拿钥匙就是明证。 但是我弟弟的脑子清醒过来。 他看见我家以前造的楼房还是那么巍然屹立，钟家更显得苍老不堪，灰白的墙上一道道黑色的污迹。 他马上原谅了钟千媚。 他向她道歉。 而后他心中空落落地又沉重万分地独自消失在夜幕中。 他刚才尝到了解脱的轻松，现在又恢复到了以前的精神状态。 他为钟千媚做了辩护，谴责自己的卑鄙无耻。 而后他倒头睡了三天三夜。

弟弟既没有振作也没有沮丧，既无悲也无喜。 他孤苦的灵魂仿佛已超越在事件之外，一切都毫无意义，只有回忆才是美好的。 我弟弟在想起千媚的天蓝色短裤后连续地回忆了许多事。 他想起有一次千媚闯祸。 一男一女两个人吵架，女的柔弱而男的凶狠。 他看见千媚站在人群外，手里拿了一纸袋玉米花，时而吃一粒，时而伸长了头颈朝那凶狠的男人头上掷出一粒。 千媚的身后是灿烂如锦的晚霞，初冬的傍晚，看上去一切都很干净。 千媚那沉着的神情，认真地伸长头颈的模样，准确的投掷手势，至今想起来还觉得十分可爱。 那个吵架的男人终于察觉了人群外面的阴谋，大吼一声，朝钟千媚扑过来，她措手不及，把玉米花扔到地上，慌不择路地逃进了女厕所。 那男人叫骂一阵，不甘心地冲进了女厕所，女厕所响起一片尖叫。 我弟弟急忙冲进去把千媚护了出来。 她倚在我弟弟身上"咯咯"地笑个不停，她那时既没有学会冷笑也没有学会复杂。

弟弟沉湎在回忆中不能自拔，回忆使他安静而苍老。 我就去找钟千媚。 钟千媚告诉我她并不想捉弄我弟弟，她想爱我弟弟，但最终放弃了努力。 像我弟弟这样的人，即使身后有着万贯家产，因为他没有竞争力，眼下这些钱是不牢靠的，和他在一起的生活也是没安全的。 她要找一个有钱又有头脑的丈夫。 我弟弟是那种新型的纨绔子弟，他不能保证她将来幸福。 我说我弟弟很爱你，这点很重要。 钟千媚抬起眼睛向我看看，她面如桃花，眸子却幽暗而森冷。 她说："我有办法让台湾丈夫像你弟弟一样爱我。"我开玩笑地提醒她：如果他不爱你呢？ 钟千媚说，那我也没什么后悔的，我总归被某个人爱过了。

话说到这儿就如隧道到了尽头。 我感慨，坐在我面前的是一个坚定自信而非常实际的女性，对生活的要求面面俱到，什么都不会轻易放弃。 相比之下我的弟弟显得脆弱而可笑。

钟千媚很快筹备结婚了。 结婚之前，她就从寒酸的家里搬到了大宾馆，等候台湾商人把她带走。 有一天，她恳求我弟弟到她那儿去，在走前有话对我弟弟说。 弟弟就去了，朦胧地有着什么期望，却什么话也没说。 灯光暗着，屋里飘着若有若无的香味。 钟千媚穿着白色的丝质睡衣，裙裾飘飘，里面的身体若隐若现，像有风在吹出一些诱人的线条。 她在我弟弟面前走来走去，然后装着若无其事的样子在梳妆台边坐下，慢慢地梳理头发。 我弟弟突然明白了她的意图，满身烘地一下燃烧起来，渴望清晰无比。 他颤抖着把双手捂住千媚的乳房。 但是，他再想进一步探索时突然放弃了。 他想千媚或许是忏悔、赎罪，他有什么理由接受这样一个身体呢？ 我弟弟坐下来抽出一支烟，抽了半根，他回过魂魄，招呼都不打，逃一般地离开了宾馆。

钟千媚结婚后随夫婿到了台湾，从此离开了我弟弟。 我弟弟在逃离宾馆后的第二天，就心急火燎地认识了一个外号叫"无限"的姑娘，这个外号着实奇怪，听上去又有些猥亵的意思，但我弟弟很快与她上了床，就此消除了钟千媚给他唤醒的欲望。 无限是个坦白放荡的女人，生着一张小小尖尖的妩媚狐狸面孔，表情阴柔，一对毛毛的眼睛卖弄地半眯着。 她对所有的男人都毫不顾忌，她的性格快乐而兴奋，她毫无疑问是粗俗低级的，她坦白得既无耻又天真，她极大地刺激了我弟弟的欲望。 我弟弟在她身上得到了空前的解放，轻松得什么都有，轻松得一无所有。 在很长一段时间里，我弟弟眼前只晃动着那张妩媚的狐狸面孔，他已记不起钟千媚是怎样的一张脸。 他努力回忆着，只想起自己从宾馆里逃出来后到处找厕所大便，他想自己对钟千媚是没有欲望的，如果有欲望的话，照他现在的经验，应该是想小便而不是大便。

我弟弟的眼睛酸涩不已，他和千媚的事就这样地过去了，有着空白的纯洁。

我弟弟认识到了这一点，就和无限分手了。

许多人匆匆地走过我弟弟身旁，千媚、无限，包括我的父母。 我弟弟不再把他们看作生活中重要的因素。 他在经历了精神和肉体之旅后，自以为对女人看透了，又回到他的朋友身边。 但是这次他的友谊不那么牢靠了，他的朋友们无一例外地经商了，有开服装店的，有开出租车的，有开米行的，有开咖啡馆的，还有倒卖倒买的。 他们碰在一起谈的是怎样"轧冲头"，怎样在米里掺沙子，怎样让服务小姐在咖啡馆里展开魅力攻势。 他们应该知道我弟弟的忌讳和隐痛，但是他们全然不顾，口沫横飞，斗志昂扬，豪情万丈，把我弟弟冷落得像个局外之人。 我弟弟感到了愤怒和惶急，对于在米里掺沙子等事他实在没有热情加以赞赏，对于做生意时的种种手段他厌恶、反对，但又懵懂得像个无知的孩子。 他企图加入朋友们的谈话，但他说出来的话连他自己都觉得枯燥无味。 在朋友们交流"生存经验"时，我弟弟痛苦地认识到了他以前在商界里扮演的弱者角色，纵观自己二十八年的生活，他一直是受害人。

弟弟怀着某种说不清道不明的愿望和父亲长谈了一次，他说服了父亲让他再次进入企业的管理层。 跟以前一样，他没有明白自己最终需要的是什么。 重新进入父亲的企业没多久，他又厌恶了商界的种种勾当。 他整日无精打采，没有目标，他又开始厌恶朋友们对经商的热衷，朋友们的兴高采烈让他如鲠在喉。 曾经使他感到"幸福"的纯真的友谊发生了变化了。

他与朋友们终于分裂了。 我现在不想详细地叙述那天在小酒店"老客"里发生的事。 因为整个事情简单明了。 他们在"老客"喝酒，朋友们一如既往地谈他们感兴趣的话题，弟弟说："谈些别的吧，谈别的吧。"其中有一个外号叫"骆驼"的米行老板说："别的有什么好谈的，你要谈找女人去。"两个人吵起来。"骆驼"愤愤不平地说："摆什么老爷架子，我们爱讲什么就讲什么，你有钱去玩女人好了，在我们面前不要潇洒。 谁比谁高明？ 你有资格限制我们讲话吗？"我弟弟把他的朋友一个个轮流打量过来，他看见的是冷漠或不在乎。 弟弟就指指"骆驼"问："你们都同意他的话？"他的朋友们全都沉默，弟弟就明白了。 他脑子里闪过一个词：众叛亲离。 弟弟悲愤地叫喊："我是为了你们才落到今天这种地步的。""骆驼"红着脸反击道:"我们不领你的情。"

我弟弟和朋友之间的分裂就这样发生了,有玩笑的色彩,但那是必然的,不可避免的。 我想说说我弟弟到"老客"之前的事。 当时他陪着一批客户喝酒,喝到一半他惦念起他的朋友们,联系后知道他们都在"老客"。 弟弟就在宴会半途中溜走了。 他头脑还清醒,所以他没有开自己那辆轿车,而是骑了一辆到处生锈的破自行车。 他觉得开着轿车去见朋友不太好,他时刻要照顾朋友的自尊。 钟老师家给了他很多启迪,钟老师的死曾经让他在无数个夜里自责不已。 他为朋友搬家,办喜事、丧事,为朋友找工作、打架。 他记住朋友的生日,朋友孩子的生日,朋友的妈妈生病了,他如儿子一样跑前跑后。 他做得无怨无悔,最终的目的是营造着某种叫"友爱"的东西。 他爱这种东西胜过爱父母,因为父母身上可供他做梦的东西不多了。 他倾尽心力对待朋友,为朋友每一个可爱、可笑的举动而感动。 值得记住的东西太多了,从十七八岁开始,譬如欢笑;譬如哭泣彷徨;月光下的沉默和歇斯底里的群殴;譬如不眠之夜的深谈,所有的喜怒哀乐都表达着纯真、信任、友谊。 弟弟在那些年里淋漓尽致地表达了自己,而现在他有着心闷的痛苦,看见而无法触摸到就如隔了一层玻璃。 但是我弟弟还是心怀柔情地处处顾及他的朋友们。

他骑着那辆破自行车,自行车一路上掉了一只铃铛,链条脱落两次，加之弟弟有些酒意了，拐弯时龙头太僵硬，摔了一跤。 当我弟弟满身渗汗地来到"老客"，把自行车朝朋友的摩托车堆里一塞，心里很安逸。 他没有预感到此行凶多吉少，他根本不明白"骆驼"为什么说那些话而别的人默认了。 弟弟抬手砸了两只酒瓶，责问他们："你们就是这样对待我的吗？"弟弟忽然明白了不应该在他们面前表现喜怒哀乐，他就沉默了。 沉默是台阶，他的朋友们陆续离开，把他一个人扔在这里。 我弟弟独自喝下半斤白酒，又把隔壁桌子上的酒瓶砸了几个，他对劝阻他的酒店老板笑道："别慌，我赔你。 我无能，可是我有钱。"他把钱摔到老板的脸上，咕哝着："这世界什么是真的呢？"老板把钱一张一张地捡起来，告诉他这个世界只有钱才是真的，然后把他搡到门外。

弟弟站在马路上抬头一望，只见满天的星星都向他兜头砸下来。 他吓了一跳，赶紧躺倒在地上，星星们就在天上旋转起来。 满天里都是星星旋转造成的光环。 我弟弟躺在地上，他想他现在是条狗或者是条毛毛虫了，所以，不用多想什么，爱干什么就干什么。 我弟弟轻松地在马路上打滚，他仿佛听见一个孩子在说："妈，你看那个人。"我弟弟一下子坐起来，叫道："我不是人。"他解下钥匙扣上的指甲剪，费劲地切割手腕上的动脉，直至觉得手腕在剧痛中豁然开朗而一片冰凉时，他才满意地原地一躺。 蒙眬中想起了另外不相干的两件事。 一件是在马路上追逐千媚，一件是跟"无限"夜以继日地性交。 他觉得现在的解脱状态与这两件事有些相像。 他喜欢这样。

我觉得我弟弟像一件过时而无用的物品似的，有着过去年代所具有的结实、隽永，虽然旧了，但从积攒了很久的时间里焕发出光泽；虽然无用，能勾起拥有者对时光的回忆。可惜现在的人们不需要这样的物品了。 现在的人需要的是短暂的停留、不断的更新，人人都像被大风刮着跑的灰尘，身不由己地向前进。 未来就是一个大黑洞。

我弟弟割腕过后，愤愤然地在朋友面前炫耀起财富。 他开着轿车撞来撞去。 他一身的名牌，腕上戴着瑞士牌全金表。 他上朋友家里去的时候带着贵重的礼物。 总能叫朋友的妻子发幽古而思今，想入非非而不满现状。 我弟弟在朋友的眼里看到了如下的情绪：强抑的自卑，虚弱的愤怒，无奈的敷衍。 我弟弟的目的达到了，他乐此不疲，直至所有的朋友都老鼠躲猫似的躲着他。 我弟弟告诉我，他这样做"很舒服"。 我陡然想起父亲的大柳庄之行。 感觉中是冥冥之手操纵着弟弟重复我父亲走过的路。

接下来的事也证实了我的想法。

弟弟无处可去了，再没有人能把他连带着他的精神一同接纳下来。 他如流浪儿一样回到家里，父母总是无条件接纳子女的。 我弟弟如绵羊一样的乖，他乖乖地吃饭、睡觉、上班，不酗酒，不骂人，不打架，唯唯诺诺。 他天天吃早饭时向父母报告他夜里做梦的内容，他爱上了做梦。 为了做一个好梦而不是噩梦，他煞有介事地每天晚上听一遍儿歌，念几首诗，看看幽默小说。 早晨天很亮了还在做梦，我父母常常在晨曦里听见他咕咕哝哝的笑声。 因为做梦做得太多，我弟弟瘦了下来。 母亲对父亲说："不会有毛病吧？"父亲看了看儿子，什么也没说，摇摇头。 家里虽然能经常听见我弟弟的笑声，气氛却诡秘而阴森。

弟弟陆陆续续地开始整理他的东西：书籍、照片、日记、信件，仿佛要总结或者回忆。 但他整理的样子更像哀悼或者舔舐伤口。 他在旧东西里面翻翻检检，把他的房间搞得灰雾腾腾，忽然他大声叫我了。 他拿着一帧照片给我看，照片上是一个胖乎乎的十三四岁的男孩，表情黏糊糊的。 弟弟一定要我猜这是谁，我猜不出。 弟弟以前结交了很多朋友，因而他有很多这类照片，都是男孩子之间的依恋。 他们都老实，穿着宽大的衣服，回忆中都有些胖乎乎的。 弟弟说："再想想，最胖的那一个。 他在下雨天的时候老撑着伞站在咱家门口等我。"弟弟把照片翻过来，上面写着很漂亮的两行毛笔字：弟留念。 祝永远健康幸福。 兄许福赠。 我看见了这毛笔字，想起了一个从小学一年级开始练字的男孩，一个下雨天老撑着伞站在我家门口的男孩。 他平时不敢经常来我家，只有下雨天的时候，他才理直气壮地，很早就站在了我家门口。 他这样做可以免去我弟弟撑伞的劳累，又可以搀着我弟弟过马路。 我们家刚从大柳庄回来不久，弟弟老是不敢横穿马路。 他战战兢兢地立在马路边瞪着眼张着嘴，就像一个梦游者。

这是阿福。 我说。

弟弟的眼睛红了，随即慌慌忙忙地到处找手绢，终于没来得及地用一件衣服捂住掉下来的眼泪。 阿福在十五岁那年生了脑瘤死了，他拮据的双亲为此一贫如洗。 那雨天等候的情景，那种男孩的固执的亲爱、眷恋，真诚的愿意付出，一去不复返。 阿福死了之后，我弟弟常常一个人坐在阿福的座位上伤神。 我说的是曾经。 阿福死了那么久了，有那么多年不再想起他，我弟弟大约没有必要现在这么伤心难过。 红红眼睛是最大极限了，可他用那件灰蒙蒙的衣服捂住脸哭了半天。 我一想到是一个死人让弟弟恢复了神气，就浑身不自在。 我弟弟确实重复了父亲。 父亲对他从来没有见过面的母亲那么怀念，想必也是对活着的人一次次地失望了。 死去的阿福继续帮助着我弟弟。 他让我弟弟振作了，原谅了伤害他的人——有了阿福的情意支撑，我弟弟对别的不太在乎了。 这是不是像身藏珍宝的人不在乎别人嘲笑他衣衫褴褛。我弟弟如大梦初醒，神采奕奕，满脸红光。 他在濒临绝境的一刹那得救了，精神如迷途的鸽子寻找到了家。

弟弟的挣扎在我看来是饮鸩止渴。 但不管怎么说，他又充实了内心，对人生看上去又有了信心。 阿福对于他的作用类似于护身符。 这道护身符挂在他的嘴巴上。 他说阿福家里很穷，所以上小学时不得不带着他的小弟弟。 他拉着他的小弟弟，小弟弟身后拉着家里的小狗。 我弟弟朴素的回忆感动了我，我想一个带着小弟弟和狗上学的男孩，心灵肯定是美的。 我同时也赞赏了我弟弟的审美力。 他从众多的回忆里独排出这件小事——两句就说完了，足见我弟弟审美的嗅觉有多灵敏。 我弟弟对美好的事物确实有着刻骨铭心的天赋。 他说他和阿福常常安静地坐在阿福家的院子里，院子里有一棵枫树，很高大，秋天枫叶半红不红的时候，他们坐在树下，彼此沉默，世界变得若有若无了。 树上掉下的东西分不清是鸟还是枫叶，时间如潮水一样忽来忽去，徘徊不前。我弟弟感受到的是缓慢的、轻柔的动荡。 动荡之中蕴含了憧憬和茫然的柔情蜜意。 后来阿福死了，我弟弟很伤心地一个人坐在树底下。 那是初冬了，枫叶零落，被冷雨浸过的枫叶呈现浮肿的黄，就像阿福生病的脸。 我弟弟无可奈何地看着枫叶从树梢上滑落，想，这就是大自然给他的启示和安慰，死生由命的。 我弟弟看着满地的落叶欲哭无泪，如痴如狂。

为了阿福，我弟弟找了个小女伴，共同分享对阿福的回忆。 他已不仅仅是回忆了，而是在享受那种伤感的情绪。小女伴很温顺，很听话，眨动着纯洁的大眼睛听我弟弟喋喋不休地对于阿福的回忆，脑子里转动着赶快结婚的念头。 但是我弟弟很自私，他把这个小女孩的功用限定得窄窄的，甚至除了手他没有摸过别的地方。 小女伴委屈死了，弟弟向她解释还没有发展到那么亲密的地步。 小女伴用手捶着他，命令他快点发展。 弟弟恐慌地想，天哪，我要结婚了。 可是我有爱情吗？ 我弟弟把这个难解之题告诉了某个昔日的朋友

（他们虽然已没有了亲密，但还保持着藕断丝连的来往。弟弟看在阿福的面上，已宽宏大量地原谅了朋友们对他的伤害），朋友叫我弟弟早点"干了她"。弟弟说这样的话就得结婚，朋友拍着弟弟的肩说你真老实，能赖则赖，赖不掉就结吧。弟弟回到原先思考的地方，发愁道，没有爱情的婚姻是不幸福的。朋友重重地叹了一口气，费劲地告诉我弟弟他是一个大傻瓜。人家都不讲究的东西你还在讲究，不是傻瓜是什么？三年前男人热衷于找一个完整的姑娘，现在呢，你找到的姑娘都是失掉处女膜的，怎么办？你上吊去吗？你要适应，就像做生意一样。这世界到哪儿都是识时务者为俊杰。干了她没错。我弟弟冷笑了一通，回敬了朋友一拳，说我看你们越来越像一群动物了。朋友气急败坏地叫，谁不知道你跟无限，在厨房里也能干事，装正经。我弟弟红了脸，严肃而大声地说，我后悔了，我早就和她没来往了。

弟弟一如既往地让阿福生活在他和小女伴之间。他想，你要是个善良之人，你一定不会对阿福反感，你不反感的话，我管他妈的有没有爱情也会跟你结婚了事。品行比爱情好像还重要一点。

小女伴终于表现出厌烦，她轻轻地换上本色，劈脸唾了我弟弟一口："倒让你先提出分手？告诉你，要不是你有那么多的家产，我愿意花时间在你身上？神经病。"

弟弟向我发了牢骚，说那么纯洁的一个女孩子，说话那么粗俗；她的笑容和眼神那样美，可是内心里不存一点儿对美好事物的向往。 只想让人早点"干了她",达到结婚的目的。 一个男人,不要谈精神或性欲,哪怕找一个稍微称心的女人怕也不容易。

失去了叙述对象的弟弟毫不沮丧,他把阿福的照片放大贴在墙上,放大了的阿福模模糊糊地笑着,眉目间越发黏糊糊的。 这张照片是家里唯一不清楚的物品,但细想来,却是唯一清楚得要命的东西。 如果在夜里,月光投射进来,你感觉到那游荡在屋子里的那份清楚,会让你毛骨悚然。 父亲提出了抗议,他说这样太不吉利,对他及母亲的身体影响不好。 我弟弟说你们不要烦我,我最觉得亲的就是他了。 父亲恼怒地揭下阿福的照片撕个干净,我弟弟从抽屉里又拿出一张,说我早料到了,所以我印了许多。

父亲觉得父子两人的这场矛盾活像一场游戏。 如果玩下去的话就会越来越喜剧化,父亲豁达地摆了摆手。 他内心里对儿子早已失望,也早已驯服地听从了命运的安排。 不过他还是叮嘱儿子,因为市场形势不好,应该多放点心思在生意上。 你逃避到西藏后,企业的状况一直时好时差,很不稳固。 昨天厂里跑走了两个技术骨干,还有一些做苦力的叫嚷着加工资。 仓库里的材料失窃了许多。 应付款无法还,应收款收不回。 销售渠道有几条被别人拦截掉了。 父亲唠唠叨叨的,十足是个上了年纪又不甘心的人。 但他又说他现在最想干的事就是种种月季花,给它们浇浇水、捉捉虫。 不用药水,用手一只只地捉下来。 我到时候两脚一伸上西天,什么都不管，你好自为之，不要老像个长不大的孩子。 他叫我弟弟过去摸他的身子，我弟弟触手之处皆如嶙峋的山道。 我父亲挣下上亿的财产，却落个皮包骨头，身上并没比别人多一两油水。

弟弟面临着的问题不是不想做，而是做不到。 这种现状令他感到窒息，如抓不到的剧痒，如哑巴想呐喊，如坠入黎明前浓重的黑暗。 他摸过我父亲的身体后，就开始严肃认真地想一些事。 他想如果阿福在的话，是不愿看到他现在这种样子的。 为了阿福的在天之灵，他应该振作起来。 但是弟弟转念一想，如果阿福活着的话，也像朋友一样嫌弃他吗？要是阿福也经商了，开个米行，会不会也在米里掺沙子呢？看来死也有死的好处。 死让人觉得有不可变化的稳固，因而过去了的事，无论在什么时候想起，都不会怀疑它的真实性。

这是冬天了，西北风在屋外猛烈地呼啸，把树摇得哗哗地乱响。 弟弟怀着对阿福的假想，一时竟觉得阿福这个人是平庸的。 风把我弟弟的魂悠悠地吹到半空，刮上九霄。 弟弟的魂动荡不安。 世界是如此的不牢靠，生活的本质就在于失去和被毁灭。 此时，阿福在墙上默默地看着我弟弟，同领着那份苍白和虚脱的情绪。 弟弟的思绪渐渐冷却。

我弟弟在工作上勤勉了许多，这令我父亲欣慰。

距 1996 年的春节还有一个月的时候，我弟弟接到了钟千里从外地打来的长途电话。 钟千里先是无聊地谈起了女人，他说他所在的城市漂亮女人多得很，烦得他常常干咽口水睡不着觉。 但是他不能去招引她们，他钟千里是有原则的。钟千里突然声调一变，激动得结结巴巴地说，这里有一笔大生意，人家要订一批电器产品，恰巧这人是他拜把子兄弟。

　　弟弟不可否置地扯开话题，我弟弟并不傻。 但后来的一个星期当中，钟千里每天打一个电话来。 有时只是说他现在喝醉了，想哭。 有时说他在看书，看《红楼梦》。 一个星期后，他说再也不打了，电话费吃不消。 他只是寂寞得慌，身在异乡为异客，每逢佳节倍思亲罢了。 他住的旅馆里，客人们都是闹嚷嚷的，成天醉生梦死。 看见他们，你会觉得人的一生就是乱糟糟的：肮脏的红地毯，昏黄的走廊灯，拖在地上的被单。 到处有一股说不清的杂交气味，人来人往。房间里走出来的陌生面孔，不是昨晚那个人。 昨晚那个走了到什么地方去了？ 谁都不知道谁在干什么，他真的很想家。

　　弟弟后来就带着资金去了钟千里所在的城市，准备和他联手做下那笔据说百万元的大生意。 我弟弟接到钟千里第一个电话，就对墙上的阿福说这是天方夜谭。 他是什么时候改变主意的，一直是一个谜。 钟千里后来对别人说，他根本没有花力气去说服我弟弟。 他本来只是想开个玩笑。 当我弟弟出其不意地打开他旅馆的房门时，他的构想才清晰起来，为了他父母，为了他自己，无论如何要寻这个纨绔子弟的开心。

弟弟在去找钟千里的那天早晨，坐立不安，情绪非常古怪。 他为什么急急匆匆地去给阿福上坟？ 为什么把阿福的照片护身符一样贴在内衣口袋里？ 我把他的行为解释为恐惧的原因。 他出现在钟千里面前时面色平静，举止稳妥。 他把皮箱安置在角落。 脱掉皮风衣，到盥洗室洗脸。 然后他坐在钟千里的床上，脱掉皮鞋，穿上钟千里的拖鞋。 这些动作他做得有条不紊，一气呵成。 钟千里和衣躺在被窝里，有一刻钟他的脑袋被什么问题困扰而无法灵活转动，他显得有些呆傻，张着嘴，两只眼珠像塑料做的。 他想这个老同学比预料的还要傻。

弟弟点燃一支烟，看着钟千里说："我来了。"弟弟的神情掺进了丝丝凄凉。 钟千里心里想：虚弱无能的人都是这样的表情。 他盛气凌人地评价我弟弟："你不像以前那么讨厌了。"

弟弟说："好些事情我都想开了，再说我父亲年纪大了，我不能总叫他生气操心。"

钟千里哈哈大笑，熏黄的手指间夹着香烟。 他为我弟弟认真的态度感到好笑，他笑完了从床底下摸出一瓶白酒："喏，喝完它。 我看见你这样子感到由衷的高兴。 你父亲没白养你这小赤佬。"钟千里喝了白酒，开始挑衅："说老实话，我真羡慕你，老实、天真、幼稚。 而且有一个好爸爸。你那好爸爸干了那么多违法乱纪的事，积下一笔资产，为的什么？ 为的是给你铺平道路。 我呢？ 我那好爸爸只会吃安眠药。"我弟弟说:"你妈一个人了,你要多回去。"钟千里打断我弟弟的话:"不说这个。 你跟千媚的事我都知道,你没有上她的当,很好。 这小婊子,她在玩弄你。"钟千里狡黠地看着我弟弟,希望他脸上出现难过的神色。 但我弟弟淡淡地动了动脑袋,不知道是点头还是摇头。 钟千里站起身,煞有介事地伸个懒腰,说:"不能再喝了,我喝醉了,胡言乱语了。"钟千里不再理会我弟弟,一个接一个地朝外打电话,有半个多小时,他的手没有离开过话筒。 他告诉我弟弟,刚才与他通话的人都是他的拜把子弟兄,明天他就带我弟弟去谈那笔生意,让我弟弟在春节前签下那笔生意的合同。 他问我弟弟此行带了多少钱,我弟弟如实地告诉他带了三万元,钟千里面色冷淡,似嫌不足。 但随即他又释然地说:"多是多用,少是少用。 就看你这小子是不是有运气吃下那笔大生意。"睡觉时他问我弟弟:"要不要找个姑娘陪陪? 旅馆里多的是。 一百一个。"我弟弟毫不气恼,说不需要。 钟千里沉默了半天。

我弟弟接下来的日子是这样度过的:他像一只温顺的羊一样被钟千里牵着,到处请客送礼,拜见钟千里的结拜弟兄们。 他的结拜弟兄们成分复杂:有市政府干部,有无业游民,有当兵的,有派出所的民警,有摆摊做买卖的,还有自称是黑社会的。 他们在舞厅里搂着女人,在旋转的灯光里跳得影影绰绰时,我弟弟替他们怀里的女人付小费。 钟千里今日要求他买手表,明日要求他买洋酒,我弟弟一一照办,很顺从地、很平静地、几乎有些麻木地，好像是个局外之人。我弟弟打着呵欠付出各种费用，还得听钟千里的高谈阔论。钟千里向人这么介绍我弟弟：一个好人，一个和我格格不入的人。 他家里很有钱，所以他将来什么都不会缺乏。 因为缺少生活磨炼，所以他至今是个好人，对生活抱有热情。 我们欢迎他讲讲他父亲坐牢的事，很感动人。 或者请他讲讲大柳庄的事，也很好听。

　　一个星期后，我弟弟告诉钟千里，他只剩下三千了。 钟千里两手一摊，无奈地说："我为你尽心尽力了，求爷爷告奶奶，看上去签合同有些难度。 但是我告诉你，只要肯花钱，没有做不成的事。 你回去拿钱，我在这里等你。"我弟弟说签不成就算了，明天你和我一起回去过年。 钟千里说，我？回去过年？ 爹死娘嫁人，各人顾各人。 我娘又在找人嫁，我看她有希望嫁个有钱的老头子。 我弟弟说不要那么心狠。钟千里一把搂住弟弟的肩膀，感叹道，唉，你是越来越会说风凉话了，今天最后一晚，走，我们喝酒去，我请客。

　　钟千里把我弟弟领到一家陌生的酒吧，我弟弟在最后一晚上喝得酩酊大醉，他不知道钟千里是什么时候走的，也不知道什么时候腿上坐了一个女人。 他心里很难受，他把女人推开，叫她坐在旁边的椅子上。 这时从门外走进一个男人，径直走到我弟弟的面前，他说他是派出所的，请我弟弟跟他走一趟。 我弟弟看看旁边的女人，说我没有……那男人打断弟弟的话，几乎是笑着把我弟弟带走了。

经过审问，没有确定我弟弟的罪名。 但因为要过年了，人人都显得心不在焉。 派出所的人把弟弟暂时关在拘留所里，说要把问题搞搞清楚。 这样，我弟弟就在拘留所里待了一个星期。 他的裤带没有了，只好蹲着。 两只手放在身后不许动，连睡觉都只好蹲着。 吃的是难以下咽的粗米，每顿有一碗白菜汤。 有人哭泣有人咒骂。 只有我弟弟不发一言，他经常把阿福的照片从口袋里掏出来浏览一遍。 他夜不能寐，通宵达旦地醒着。 他想起了父亲曾经也是这样在监狱里坐着，通宵达旦，没有尊严，没有一丝一毫多余的欲望，如初生婴儿一样无牵无挂。 父亲在百无聊赖中定然把许多的人过滤了千遍万遍。 当淡漠了仇恨、厌倦了思念后，最能支撑我父亲精神的，可能是他从未真实过的母亲。 弟弟经过数不清的失望和退让，阿福是他坚守的最后一个堡垒，他相信是阿福让他坦然地踏入钟千里设下的骗局，然后再原谅了他。

弟弟彻底解脱了。 他平静而豁达，过了一个星期，他从拘留所里出来，到钟千里住的旅馆去了一趟。 如他所料，钟千里逃之夭夭。 我弟弟替他付清旅馆费，剩下的钱够买一张火车票。

弟弟回来了，我家和钟家的恩怨结束、落幕。

弟弟一踏进家门，父亲就指着他说："你又吃亏了。"我弟弟说："让我吃最后一次亏吧。"

我父亲于公元 1996 年的夏天中风病故。 他总算死也瞑目，我弟弟已经能轻松地胜任工作了，大到签订合同组织生产，小到扣掉工人的一个加班费。彻底解脱后的弟弟，做什么事都得心应手，像他六岁时交换于寡妇的耳环一样，弟弟还原了。这样一个把商界看作丑恶的人，与美好概念相对立的人，最后在商界努力耕耘了。这就是我弟弟的耐人寻味之处。

弟弟的生活在后来是很圆满的，年轻有为，事业有成，他的身边，朋友和美女熙熙攘攘，真是要风得风要雨得雨。是的，结局很圆满了。弟弟在最后终于显示了他的聪明，选择了他如今的选择，他成长了，令人信服，你将看见资本在我弟弟的手中得到进一步的积累。弟弟在艰难的成长过程中明白了什么是需要的，什么是不需要的。他知道人生是从山巅朝下滑落的过程，他没有粉身碎骨已是万幸，有阿福的照片为证，他的内心还是保持着对美好人性的追求，有些无奈，但决不脆弱。他还知道，人生有些事是不得不做的，于不得不做中勉强去做，是毁灭；于不得不做中做得很好，是勇敢。

　　星期五。　早晨。

　　昨晚刮了一夜的疾风，没有下雨。　早晨开始起，风缓了，风里头飘着雨丝，雨丝比风更长。　于是，昨夜里落在地上的树叶就沾满了雨水。　此情此景，就如一个悲伤了一夜的妇人，到了早晨，身上还没来得及收拾，显出一片狼藉。　凤毛推着自行车从家里出来，给一只蝴蝶撞着了脸。　这是一只灰白的蝴蝶，翅膀被雨水打湿了，狼狈而慌乱，急着找一个地方晾干它的翅膀。　它撞了凤毛一下，觉得大难临头，这一下它更加惊慌失措，采取了一个不恰当的行动：快速地无目的地扇动翅膀。　它上升，斜斜地战栗着上升。　幸运的是，它没有撞到混凝土浇筑的墙体，而是撞到了一扇还算干净的玻璃窗。　它看到了玻璃窗上的光亮，就觉得它的归宿应该在玻璃窗里面，拼命地用身体拍击玻璃，像一只小手一样，"咚"地一下，"咚"地一下……玻璃上留下一片模糊的蝶粉，像哈出来的热气。

　　这是凤毛一大早从家里出来时看到的景观。　她不是个多愁善感的女人，但她不缺乏女人的自恋情绪。 她看见这只蝴蝶，联想到一样东西：她自己的嘴唇。 镜子里的嘴唇。 没有上口红的嘴唇。 失血的焦虑的嘴唇。 嘴唇会营养不良吗？ 当然会。 蝴蝶的翅膀也会营养不良。 嘴唇会颤抖着说不出话，蝴蝶的翅膀就像凤毛镜子里的嘴唇，失血、焦虑、无法诉说。 凤毛放下车子，走过去把蝴蝶从窗上摘下来，拢在手心里，放到楼梯下面干燥通风的地方，对着蝴蝶叹了一口气，显出自嘲的样子，说："啊呀！ 你这么固执，这么无能，这么孤单，肯定像我一样，是个女的。"

她的神情是矫情的。 从来没有机会这样放松地矫情，所以她是愉快的。

一年来，凤毛感到生活中存在一个严重问题：她无法再在生活中寻找乐趣。 她告诉自己等等看，也许会有乐趣出现在面前。 她的乐趣包括：到银行里去存一点钱；下馆子或自己做一顿清淡可口的晚餐；到商场去给自己或女儿菲菲买一件衣服；和自己的男人睡觉。

婚是她自己要离的，她在协议离婚书上是这么说的：夫妻生活不和谐。 她的丈夫叫姜有根，姜有根有些怀疑地问她："我们不和谐吗？"她理直气壮地反驳："我们算得上和谐吗？"姜有根想了半天，老老实实地回答她的问题："是算不上。"办理离婚手续的工作人员是个四十来岁的女人，一看这个理由，就深表同情地说："唉，什么事都好商量，就是这个事没法商量。 我知道。"姜有根和凤毛是一个厂的，离了婚以后，姜有根的脑子突然拐过弯来，他盘算着：和谐当然就是和谐，但是，算不上和谐并不就是不和谐。 算不上和谐是和谐与不和谐之间的中间状态，大家都是这么过的，凤毛为什么不像大家一样过？ 他找到凤毛的立织车间，对着凤毛叫嚷："凤毛，你到底想干什么？ 我不打你不骂你，只要你给我一个答复，你到底想干什么？"凤毛支起眼睛看了他半天，才懒洋洋地说了一句："想干什么？ 我也不知道。"

她当然知道，只是不说。 不说的部分原因是不容易表述。 这世上的事并不是什么都能轻而易举地表述的，譬如你找得着的一条路，但你不知道这条路的名字。

后来，凤毛真的后悔了。 她离婚不到半年就遇到下岗的事，下岗让她对离婚产生后悔情绪：她没有男人可以诉苦，更没有男人分担她日常的生活开销。 一个小街小巷里的女人，为把自己的生活过得舒缓而有节奏，这两样东西都是必不可少的。 姜有根在厂里碰到她时，云里雾里地说："唉，好强的女人命都苦啊！"凤毛简洁地说："我认命。"她斩钉截铁地捍卫了内心的种种企求，那里是她自己的，柔软、阴暗，容易失控，便于崩塌，需要用强悍的外表掩护。 此刻，凤毛叹完蝴蝶的命运，急急忙忙地骑着自行车到一家新开张的超市去。 朋友介绍她到那里去做营业员，一个月五百块人民币。 五百块钱对于她来说不是小数目，除了可以支付她一个月的水费、电费、煤气费、电话费，还可以支付她和菲菲大半个月的菜金。

她骑着车子经过一条小马路,那里有一条她熟悉的巷子。 算不上刻骨铭心,但绝对是了如指掌。 看到它,往日的气息扑面而来,芜杂又慌乱,令人不快。 气息蔓延之处,腐肉蚀骨。 所以,我们的凤毛气都喘不匀了,她放慢了车速,以哀悼者的目光打量昔日的做法事的道场。 这一打量,凡间就出了问题。 她看见姜有根和一个女人同撑着一把伞从巷子里出来了,他们睡眼惺忪,又掩不住地快活。 这点小雨算什么? 小雨里正好大大方方地搂在一起,做一些琐碎的但意义重大的事。 譬如一起去喝豆浆。

他们就在凤毛的车子前面抢先过了马路。 他们不怕凤毛的自行车,他们知道这是一个女人。 至于这个女人的外貌体形,他们没有兴趣打量一眼。 有一瞬间,伞碰着了凤毛,凤毛看见他们的嘴巴在动。 奇怪的是,她全神贯注地伸长了耳朵,却听不见他们嘴巴里发出一点声音。 他们走了之后,被伞碰着的肩膀着火一样疼痛起来。

反正,今天这个下雨的日子不是个吉祥的日子。 凤毛找到超市的部门经理,那经理再把她带到总经理处。 总经理告诉她,很抱歉,她们暂时不需要她了,等需要人手的时候再通知她。

这种事情她经历得很多,今天她特别沮丧,因为下雨,因为看见前夫搂了一个女人。 其实这两件事并不是不寻常的事件,因为在时间的序列中紧挨着发生,所以她特别沮丧。

她穿着雨披，在超市边的栏杆上坐下，失神地打量潮湿的地面，心中隐隐约约地又是伤心又是害怕。 或者伤心和害怕原本就是一回事。 她坐了有五分钟的光景，站起来找她的自行车。 她放自行车的地方已空了。 她继续找，以放自行车的地方为轴心，向外一圈一圈地扩展着找。 还是没找到。 终于，她接受了一个事实：她的自行车被偷了。 她只好安慰自己说，啊，还有比我更差的人，我至少没有穷到去偷盗。

其实，穷和偷盗之间并没有必然的联系。 凤毛这么想，那是她已经下坠到一个地方了。 不经意地，她就下坠到这个地方了。 这个地方有一个显著特征：不必为区分是非去操心。 有些事情的两个方面，没有是与非的关系，只是非与非的关系。 在正常情况下，坠落是生活延续的主要方式。

没有了自行车，凤毛只好坐公交车回去。 下了雨，公交车猛然拥挤起来。 她不是坐车族，不熟悉公交车上的种种手段。 结果，下车的时候，她被人推了一下，一脚踏空，把腰扭伤了。 这回是真痛。

到医院去是不行的，起码得花掉百儿八十吧？ 从公交车上下来，她强忍着疼痛上了一趟菜场，买好今晚和明后两天的菜。 她吃得不多，女儿菲菲吃得也不多，她们的胃口都像鸟儿那么小。 她买了一颗白菜，一斤鸡蛋，一斤豆腐，一斤咸菜，四块钱肉丝。 就这点东西，十元钱左右，母女两个人能吃三四天。

她住在四楼。 现在，她躺在床上了，腰部贴了膏药。

只要轻轻一动，腰间的某个部位就狠狠地疼。 她维持着一个姿势过了有半个小时左右，预感到腰会继续疼痛下去，就撑起头给母亲家里打了个电话，让母亲到学校里把菲菲接回去两天。 她还要强地告诉母亲，家里买了很多菜，明天她就送些菜过去。 母亲说："你留着自己吃吧。"凤毛本能地偏开话筒一些，她从来就没有习惯母亲说话的生硬口气。 母亲是犟的，显山露水地犟。 她也是犟的，不露声色地犟。 这是她做人里的一样长项，许多事，就在不露声色里水到渠成了。

窗外的天色渐渐黑下来，黑到某种成色，再也不朝下黑了。 夜空是青灰色的，雨在青灰色的夜里紧一阵慢一阵。将是一个漫长的雨夜。 凤毛睡了一觉，醒来后感到寂寞难耐，就给前夫挂了一个电话。 电话没人接听。 姜有根和那个女人还有那把伞在哪里呢？ 她放下电话，腰又火辣辣地疼起来。 寂寞和疼痛一起攻袭她，她咬住被子的一角抽噎起来。 眼泪像熔浆一样烫，流过的地方很快干了。

现在的情况是：她很忙，心中很焦虑，她的生活充满了危机。 即便是这样，只要一有空，她就开始寂寞。 男人对她有很多种用途，是她脆弱的生命中不可或缺的。 但是现在，离婚一年来，还没有任何男人走进她的生活。 她敞开大门，没有人走进来。 这合理吗？

后来，有人敲门。 来的人是三楼的柴丽娟。

凤毛住四楼，柴丽娟住三楼。 柴丽娟的男人是一个香港人，听说在香港也有一个老婆。 按他的行为推断，他的正式婚姻有点问题。 他做生意，在内地到处跑。 也许在内地的什么地方还养着像柴丽娟这样的女人，他为她们买房子，然后把她们装进去。 他颇像个养蜂人，只是他经常不在蜂巢边上。 他到哪里去了？ 他做的是什么生意？ 诸如此类的问题，柴丽娟从来不去探索。 甚至她是不是个被抛弃的女人，她也从不去设想。 这不是个问题，问题在于，她每个月都收到他的一大笔赡养费，有了这一大笔赡养费，柴丽娟就有资格成天闲得发慌，无事可干。 她从大门的猫眼里看见凤毛歪歪扭扭地走上去，晚上又没见她开灯，女人对待同性，时不时地会有一些真切的关心，于是她就来关心她了。

凤毛恰好需要关心。 她开了门。 看见柴丽娟，心里就鄙夷地想："原来是她？ 香港人包的二奶。"她感到自己不再虚弱，因为相比而言，她的生活中存在着理直气壮的因素。 柴丽娟从门外走进来，她显得比凤毛的生活还理直气壮。"哎哟。"她先叫唤了一声，笑嘻嘻的，是良家妇女的笑，"快到床上去躺着。 没吃晚饭是不是？ 我来给你做。"于是凤毛转了一个位置想：二奶也是人，她过得比我好呢，她不用到处找工作受人白眼。

以前她看不起柴丽娟，她认为一个女人不靠自己的劳动而享受裕足是可耻的。 今天晚上，就在刚才，她为原谅柴丽娟找到了理由。 这种寂寞的雨天，加上疼痛，谁都会软弱的。

这两个从来不热络的女人在这个雨夜里格外亲热，说了很多话，互相理解到对方最本质的地方。 这种谈话是有益的。 柴丽娟认为凤毛最缺的不是钱和工作，最缺的是可依靠的男人。 有了可依靠的男人，就有了钱，工作就显得不是太重要了。 她给凤毛提供了几个可供选择的男人，凤毛选了一个：五十岁的中学语文教师，离异无子，住三室一厅。

柴丽娟说这人是她的一个远房亲戚，性情温顺，很懂礼貌，从不乱花钱，可惜是个秃头。 凤毛犹豫了一下，随即抿着嘴笑了一声，说："人家还要不要我呢？"

这件事情就在语言中交流成功，千难万难的事情，竟然就这么轻飘飘地谈成了。 两个女人都很兴奋，接下来的事情看上去会顺利解决的。

凤毛今年刚三十岁，离婚一年，在一年当中她又失业了，她这种女人是无人问津的。 不过她总是安慰自己说，面包会有的，男人会有的，一切都会有的。 心诚则灵，她不信自己什么都得不到。

果然，柴丽娟给她介绍了一个教师。 剩下的那些青灰色的夜她过得很踏实，做了一个关于选购宝石的梦。 和谁在一起选购，选什么样的宝石，她忘记了。 这不影响她满腔的踏实。 其实说穿了她还什么都没有得到呢。 这就是女人，捞着一根稻草也当成是凤冠霞帔。

早上起来，她觉得腰已经好了。 她撩起睡衣，站在镜子面前打量自己的腰，那儿有些赘肉，但总的说来还是可看的。 她慢慢地抬起一条腿放在椅子上，这腿也是匀称的、可看的。 她慢慢地放下腿，对着镜子一笑，有点笑靥如花的意思，嘴唇上也有了血色。 镜子里这个想找男人的女人还是说得过去的。

今天是星期六，女儿不在家，不必为女儿忙碌。 她穿着睡衣，蓬乱着头发，久久地站在西窗前望。 这是个晴朗的日子，天空蔚蓝，棉絮似的白云在天空里不紧不慢地飘，阳光是一年中最纯正的金色，它重重地落在每一个地方，看上去很光滑，光滑得像黄铜一样。 桂花还在香着，太阳一出来，它的悠长的香味就变成了暖香，散漫而没有节制。 西窗下面来来往往的人很多，各式各样的人走动着，不经意地流露出每一种细小的生活习惯。 她看的不是这些人，她对来来往往的人没有兴趣，她看的是不远处的那座著名园林，这座园林名叫秀园。 秀园，像一个女人的名字。

晚六点，凤毛和胡老师在秀园门口见了面。 胡老师手上拿了一把扇子，他果真是个秃头，但是凤毛觉得他气宇轩昂，没有头发反而给他增加了几分干练。 他们互相看了一眼，然后又互相用力地看了第二眼，站在那儿不说话。 柴丽娟见此情景，就去买了门票让两个人进园子。

园子里的一个地方，张灯结彩，穿着旗袍的演员坐在椅子上唱着曲子。 这是深秋了，夜里的风有点凉。 满天星斗，灯光也明亮，演员卖力地唱着，弹着弦子或琵琶，虫子到处乱撞，奇怪的是这一切并没有让园子热闹起来，反而让它显出秋末的悲凉。

凤毛跟在秃头教师后面，心里有点浮萍般的漂泊。 教师看台上的人，她看教师的背影。 教师的头上一根头发也没有，却不戴假发，说明他是个自信的人。 他的脖子和光脑袋连成一体，粗硕有力，具有某种威慑力。 总而言之，他是凤毛愿意接受的男人。 于是，她趁着台上换演员，对秃头教师说："胡老师，我们到那边坐吧。"她的态度很积极，也很坚决，秃头胡老师就跟着她到"那边"坐去了。

"那边"是一座紫藤架，两个人坐在紫藤下面的石凳上，保持一段距离，朝着同一个方向，隔了一条河听对面的舞台上唱曲子。 听了片刻，胡老师从口袋里拿出一张一百元面额的钞票，对凤毛说："凤小姐，刚才柴小姐替我们付了门票，你还给她吧。 她生活得也不容易。"凤毛说："我来还吧。"胡老师不吭声，把钱放在凤毛的膝盖上，然后打开手上的扇子。 他放钱的时候略微在凤毛的膝盖上用了一点力气，好像是试验一下凤毛的膝盖有没有弹性。 仅此而已，马上又把手收回了，专心致志地听戏。 凤毛想，都说现在的教师有钱，教师真是有钱了。 教师有钱是件好事，因为他们为人师表，不敢张扬。 她默默地把钱收起来。 秃头教师开始跟着河对面的演员唱歌了，这是一首他熟悉的曲子，他唱得有板有眼，丝丝入扣。 他一边小声唱着，一边收起扇子，用扇骨在凤毛的膝盖上敲了一下，站起来走了。 凤毛跟着他出了园门，又鬼使神差地跟着他上了一辆出租车。 在出租车上，他们没有任何亲昵的举动。 出租车停下，秃头教师的曲子还没唱到底。 他付了钱，走进一个门栋里，开始上楼梯，一边还唱着。 爬到六楼，他的歌声还是一点不乱。 他是个健壮的男人。 然后他就开了自己的门，打开灯，去换拖鞋，任凭凤毛惊惶地打量着这个陌生的屋子。 凤毛想起那只走不进屋子的蝴蝶，蝴蝶现在破门而入了。

她看着秃头教师拉下窗帘，有情调地打开落地台灯，在机器里面放了一张评弹唱片，调整到最合适的音量。 然后，他就忙着去洗澡。 他忙得热火朝天，完全不顾凤毛在干些什么。 事实上凤毛什么也没干，她在沙发上坐下，双手环抱身体，打量屋子。 她还没有适应四周的环境。 她觉得这个单身男人挺卫生的，也很有情调，是个会安排生活的人，这种男人让女人放心。

一会儿，秃头教师出来了，他披着浴衣，撩起浴衣的一角擦着头发上的水，露出赤裸的腿和阴部。 他这样随便，凤毛有些吃惊，就站起来了。 他问："想走了？"凤毛不知道自己想不想走，她觉得走了可惜不走也可惜。 正这样思索着，她的腿已经替她做出决定，在沙发上重新坐下了。 她是被动的，也是情愿的。 秃头教师挨着她坐下，说："好，好，你这样就好了。 走了多可惜？ 我们还没有做事呢。 你是喜欢听我说话还是喜欢我不说话？"凤毛不说话，胡老师自言自语地说："那我就不说话了。 其实我不想说话。"他掀起凤毛的裙子，脱掉凤毛的短裤，把凤毛的两条腿用力地推到凤毛的头上方。 这时候，凤毛提出了要求："不行，你还没亲过我呢。"胡老师放下她的腿，一脸错愕。 他拒绝道："我不喜欢这样。"他略作思考，又怀疑地说："你是个少见的女人，一般的女人在这时候不会提这种要求。"凤毛好奇地问："哪种女人不提这种要求？"胡老师随随便便地回答："就是那种女人。"凤毛懂得"那种"女人是什么样的女人。 凤毛很失望，没想到胡老师对女人一视同仁。

凤毛想起以往曾经有过的接吻：平等互爱的吻，缠绵细致的吻，渗入灵魂深处的感动，让她升腾到一个清灵世界，让她入迷地喜欢爱与被爱，……她对胡老师说："女人和男人不一样的。"胡老师说："当然不一样，一样的话，我怎么会和你这样呢？"他看着凤毛的眼睛，希望凤毛做一个妥协，但凤毛避开了他的眼睛。 是的，她从离婚以来，尽管生活很糟糕，但只要有可能，她就会做男欢女爱的梦，她的梦里有相当部分的接吻的内容，这部分内容对她来说很重要，因为它既隐秘又快乐，相当于一个女孩子躲在暗处觊觎老祖母晒在天井里的古董。

秃头胡老师拿下搭在沙发上的浴衣，穿起来，坐在凤毛的腿边调整呼吸。 他意识到，进入这个女人会是一件麻烦的事。 问题是，他厌恶大动感情地和一个女人接吻，这是一件无聊的事。 绝大多数的男人，二十岁时还会接吻，三十岁开始反感，四十岁开始抗拒，五十岁就彻底不愿与女人接吻了。

胡老师考虑了一下，觉得凤毛还是个不错的女人，看上去很懂道理，在男人面前也愿意被动。于是他伸出手，虚虚地搁在凤毛的大腿上，看上去像要进行一番抚摸的样子，手慢慢地朝上游走。忽然之间，迅雷不及掩耳，他拉下凤毛的裙子，把她的大腿盖住了。这个动作快速得有点可笑，它直白地表示出教师内心的恐慌和放弃的不情愿。凤毛暗自一笑，原谅了秃头胡老师。今天这件事到此为止是最好的。

凤毛走了之后，胡老师来到电话边，几次伸手，最后还是决定给柴丽娟打个电话。他在电话里是这么说的："她多大年纪了，还这么让人麻烦？"

凤毛回来的时候是夜里十一点。柴丽娟独自待在阳台上，手里拿着一把鹅毛扇驱赶秋天飞来飞去的小虫。阳台上有几盆花，也许正是这些花招来小虫子。正有些恼着，看见凤毛从新村大门走进来了。凤毛的走姿是紧张的，脸上也有一股暧昧之色。柴丽娟回到屋里去，打开楼梯上的指明灯，弓起身体，从猫眼里朝外瞄着，像一只可爱的猫咪。凤毛走到一楼时就注意到了三楼的灯光，她上到三楼，挨近门边，用指头不满意地戳戳猫眼。柴丽娟朝后一让，仿佛真的给凤毛戳中了眼睛。她打开门走出去，跟随凤毛到四楼的屋子，自作主张地说："菲菲不在家吧？我今天睡你这里，我们好好说说心里话。"

而后，凤毛和柴丽娟一人一头地睡在了床铺上，开始了一场不成功的谈话。

当然，首先是谈胡老师。柴丽娟问话："哎，怎么样？"凤毛翻了一个身，背对着柴丽娟，这并不是表示她不愿意畅所欲言，而是无言地告诉柴丽娟，出现问题了。柴丽娟欠起身，说："人家刚才给我打电话，说你很麻烦。我不知道你们怎么了。"凤毛闭眼假寐片刻，才说："刚才我到他家里去了。"柴丽娟坐起来拍拍凤毛的屁股，亲热地说："你做得对，喜欢的人马上把他抓紧，一上了床他就逃不了啦，男人过不了女人这一关……快说结果。"凤毛停顿了一会儿，慢悠悠地说："我不知道。"柴丽娟躺下去，惋惜地传授经验："有时候，机会一过就不再来了。这个人虽然没头发，年龄也比你大多了，但他有钱有房，身体也健康，失去他很可惜。你要现实一点。"凤毛说："我从小，我妈就说我是枇杷叶子，今天是这一面，明天是那一面，两面的样子不相同。"柴丽娟说："那你为什么要这样？"凤毛说："不知道。"这回，她是真的不知道。昨天她还很现实，今天又不现实了。不幸的是，今天和昨天一样坚决。柴丽娟换了个话题问凤毛："你几岁了？""为什么问这个？""你是三十岁的女人了，三十岁的女人不能要求男人有多称心如意，三十岁的女人能抓到什么就是什么。"凤毛不置可否："哦。"柴丽娟说："你又想马儿跑得好又想马儿不吃草，什么地方有这样的好事？"凤毛还是不置可否："哦。"两个人一时冷了场。 柴丽娟掀起被子，说："我走了。 我回去睡了。"凤毛一把揪住柴丽娟的睡裤，说："别走。 我们说点别的吧。"柴丽娟微笑着，又躺下去。 她本不想走，她有一肚皮的辉煌奋斗史要倾诉呢。

下面，是柴丽娟的奋斗史。

从前，有个女人，长着一张粉嫩的讨人喜欢的圆脸。 二十五岁时，她嫁了一个老实的丈夫，住在四十多平方米的小屋子里。 三年后，她还是住在那屋子里。 于是，她在小屋子里想，生活不能这么过的。 她辞了工作，拿出所有的存款，跟着一个男人跑到俄罗斯倒腾货物。 她刚强果敢。 她有赚有赔。 最困难的时候，把自己还卖了一回，当时她已经饿了两顿了。 那是个外国人，圆胖的脸，两只手像熊掌。说实话，他对她很客气，先是让她吃饱了，还制造了一点小情调，最后出了大价钱，并感谢她的配合。 很划算的一件事。

凤毛嘀咕道："罪过，罪过。"

我在家里也和丈夫上床睡觉，他能给我什么？ 我感觉不到愉快。 一个女人，与其与丈夫毫无意义地睡觉，还不如让睡觉变得有用一些。

柴丽娟说这番话时，显得十分坚决，她轻易地为曾经有过的堕落找到了意义。 这意义代表了一种力量，却是不正当的力量。 凤毛暗暗叫好，但是后来她担心起来了，觉得自己会像柴丽娟一样，柴丽娟的话实在蛊惑人心。 她想象了一下：两个三十来岁的女人，一头一个躺在床上，没有梦想，不能骄纵，辛酸地谈着出卖自己的事。 凤毛下了床，拿起柴丽娟放在梳妆台上的钥匙，把柴丽娟连人带衣服拽起来，推着搡着，把她推出门。 柴丽娟大叫："你干什么？ 你有神经病吧？ 深更半夜的。"凤毛说："是，我有神经病。"继续把她朝楼下推，推到门口，打开门，把柴丽娟搡进门里，"砰"的一声关上门，在外面用钥匙锁成保险状态，才解气地扬长而去。 柴丽娟还在里面叫："你发神经病吧？"凤毛不理她。

三十岁的凤毛，一朵花还在开放。 这世上脑子正常的女人都知道，花容月貌须有好心情维持。 女人好心情的条件是：拥有一个好男人，拥有一笔维持日常开销的存款。三十岁的凤毛，早上起来照镜子的时候，总是忍不住地焦虑：本来手上还有一些生活的乐趣，譬如吃好晚饭后一家三口出去散步，拿工资的那天往卡上打进去一点钱；自从离婚以后，这一点点乐趣都没有了，而且看不出目前有什么改善的迹象。 有时候，她暗暗地骂姜有根："死东西，叫你离婚你就离了？"姜有根很怕她，她叫他做什么他就做什么。

姜有根在厂里搞宣传工作，凤毛是车间里的技术能手。姜有根的头发总是梳得锃亮，皮鞋上一尘不染。 凤毛即使在大冬天，也要穿着裙子上班。 姜有根的西装全是凤毛做主买的，凤毛所有的裙子全是姜有根熨烫整齐的。他们看上去很般配，般配的夫妻往往会离婚。

两个人的婚姻说散就散了，凤毛除外，所有的人，包括姜有根一时不能适应。姜有根离了婚以后还常常来车间里找她，有时候悄悄地抱抱她，有时候把唾沫吐到她脸上。凤毛并不生气，姜有根不是个坏男人，他只是无能，脑子也不算好使。这种状况一直到凤毛被厂里"精简"掉才结束。这个消息是姜有根最先告诉她的，他倒是一本正经的样子，不像幸灾乐祸。

唉，精简精简，从字面上可以这么理解：去芜存精，去粗存细。一筐含金的细沙，必须筛去沙子。一块猪肉，要剔出的是肥肉。谁扮演沙子和肥肉呢？当然是沙子和肥肉。

凤毛记得是梅雨季节，外面下着绵绵细雨，空气里湿答答的，到处都有滴水声，各式各样的花在阴暗的梅雨季节里鳞次而开，长长短短的香味在雨中悄然弥漫。忽然就在什么地方，一朵什么花儿浸透了雨水，不堪沉重，"笃"地掉落在地。此情此景，说不出的忧愁。为"精简"这事，凤毛早就惶惑、忧愁过了。今天她有种特别的想法，觉得一定要抓住一点什么，她快被这单调而强悍的忧愁埋葬掉了。她向姜有根张开湿润的睫毛，睁大眼睛，她的瞳孔收缩得异常的小，小而有神，十分迷人。

姜有根不太镇静地问她："你想干什么？"

她说:"今天晚上……你来吧。 菲菲想你呢。"姜有根犹豫着:"好吧……你还没找到男人吗?"

过一会儿,他又说:"不,不行,这样像在开玩笑。 以后吧。"

凤毛遭到姜有根拒绝以后,并不生气。 脆弱的情绪一晃而过,第二天她就不想与前夫睡觉了。 隔了几天,姜有根在车间门口等她,上来搭讪:"怎么样,还需要我替你消火吗?"她说:"不要了,谢谢你。 以后再说吧。"

姜有根很了解她,他说得对,她决定离婚是个危险的举动。 事实上也是如此,她要的并没有得到,还存在着另一种危险:可能会今不如昔。

凤毛的长相是说得过去的,她生着小小的骨骼,肌肉略丰,但因为骨骼是小小的,所以这丰满在她那儿就是骨肉挺匀。 她的行动和说话都是不紧不慢的,稳妥而有味,衬映得这个人像玉一样温润。 与之配套,她生着一张小小的白果脸,眉眼干干净净。 她自认为不是大美女,但在任何美女面前也不会自惭。 这种心理让她心气高了一些,有时行动便不免骄纵,口气偶尔也会尖刻。 她给自己指定的生活是中等偏下的生活。 中等偏下的生活就是一套一百平方米左右的房子。 稳定的家庭生活。 有一辆或两辆摩托车。 夫妻两个人的月平均实际收入是两千块左右。 女儿在好一点的学校里读书。 一家三口有能力上上小馆子。 可存一点钱。 可买一点漂亮的有品位的衣服。 具备了以上种种,生活就有了乐趣。

　　这是凤毛的打算——一年以前的打算。　这也是个充满矛盾的想法，因为正像她所说的，她是一张两面颜色不同的枇杷叶子。

　　她感到内心的信念所存不多了，这种信念的慢慢消逝与容貌渐损一样让她害怕。　是的，有很长时间了，她站在镜子前，就感到害怕。　镜子里的她和镜子外的她都让她害怕，她发现自己的脆弱越来越不可消除。

　　这一天早晨，她又站在镜子面前了。"这一天"，就是她到园林里相亲的第二天，星期天。　镜子一向是女人最亲密无间的朋友和死敌。　女人与镜子结下了不解之缘，她们对待同性的态度也如对待镜子。　凤毛站在镜子面前打量自己那张清水白果脸，感觉它黄了，皱了，脱水了。　她重重地叹了一口气，声音很响，屋里有回声，回声撞到镜子上，镜子上又吐出来"嗡嗡"的回声。　她看看镜子，一错眼，镜子就在那时候突然皱了一下，她吓了一跳，捂住脸半天不敢动弹。

　　稍后，她梳妆打扮，假装将要做一些很重要的事。　她在屋子里游荡着，无所事事。　她想不出要干些什么，这让她恐慌。　她又穷又年轻，竟然没有事情干了。　忽然想起一个人，姜有根，她马上打过去一个电话。　她问："你在干什么？"这其实不是一句问话。　姜有根在那头气息可闻，暧昧不清地问："你是谁？"凤毛眼前出现一张睡眼惺忪的脸，她有些急迫地说："我是凤毛。　前天早上我在路上看到你了。"姜有根说："你有毛病吧？ 你离了婚的日子不是很好过吗？ 还来找我干什么？"不容分说地挂上了电话。 凤毛看着"嘟嘟"空响的话筒干笑了一声，心中急速地虚构一下前夫床上的风景，心里涌上复杂的滋味。 姜有根至少过得还是不错的，比她的境况好多了，他没有下岗，还有了女人，他们这时候还赖在床上。 他再也不可能想和她睡觉了。

一受刺激，她想起今天要干的事还不少：

一、放柴丽娟出来。 向她讨要胡老师的电话。

二、给胡老师打电话，看看两个人之间除了上床，还能不能干些别的事。 就是说，还能不能发展下去。

三、如果她和胡老师能干些别的事，则必定先要到母亲家里去一趟。 菲菲从星期五下午就在母亲家里，她必定要去听一听母亲的唠叨。

下到三楼，开了柴丽娟的屋门。 屋子里是黑暗的，窗帘紧闭。 凤毛先去拉开所有的窗帘，然后坐到柴丽娟的床边，把钥匙和胡老师还的一百块钱放在她的床头柜上。

"什么时候了？"柴丽娟从被窝里探出睡得毛毛的头，说："咦，你打扮得这样干什么？ 还涂了口红。"凤毛垂着眼睛说："你把胡老师家里的电话号码告诉我，我还是想和他联系一下。"柴丽娟赶快从被窝里坐起来，夸奖凤毛："哎哟，你真像我，不屈不挠的。"凤毛转过头去不看她："还不屈不挠呢，自己怎么当了香港人的二奶？"柴丽娟眼睛一亮："你想听？ 晚上早点回来，我讲给你听。"凤毛说："不想。 我不想听你的堕落史。"柴丽娟叹了一口气,拎起电话,嘴里嘀咕:"算了。 还是我给你打吧……你别去丢这个人。"

柴丽娟开始打电话:"喂,大学问家。 你在干什么? 你在做家务。 做什么? 告诉我嘛……拣菜? 你怎么干这个? 凤毛等一会儿过来,你都交给她干好了……别客气,我们也不想求你什么,反正她有空。 她是我派去帮你忙的,谁让我是你的表妹呢。 好了好了,你不接受我的帮助,我要生气的。"说完她就挂了电话。 凤毛在她的脸上亲了一下,低低地说:"好厚的脸皮!"柴丽娟说:"你要多多磨炼自己,让脸皮越来越厚。 喂,你要走了? 今天晚上别让菲菲回来,我讲爱情故事给你听,好浪漫的。 你知道吧? 现代浪漫的爱情纯粹就是体力问题。 体力好情绪才好,情绪好才能感受到浪漫的情调。"这一次,凤毛真心地赞美她:"你懂得真多,与你比起来,我就是一个傻×!"

过后不久的另一时,凤毛坐在了母亲家里,在桌子上帮母亲包馄饨。 母亲头上梳了一个髻,髻上插一朵金黄的小野菊。 她端坐在凳子上,脸上没有表情,两只手稳当地配合着包馄饨。 但凤毛还是能感觉到母亲内心的烦躁和一触即发的怒气。 母亲年轻时是个娴静的女人,不知不觉地变成一个又蠢又爱唠叨的女人,近年来,更是进了一步,学会了羞辱自己和咒骂别人。 自尊心很强的样子,却建立在毁灭自尊心的基础上。 她是个奇怪的女人。

果然，母亲开始发话："隔壁弄堂里的小王夫妻两个，离了婚。 小王搬走，小王老婆带着儿子住在这里。 小王的情况我不清楚，可是小王老婆的情况我是知道的，她找了一个又一个的男人，带回家来睡觉，男人都补贴她生活费，还给她做家务——她跟做鸡的有什么区别？ 最奇怪的是小王，外面转了一圈又回来了。 两个人也没办复婚手续，就这样住着。 小王看见我们说，他也是没有办法。 小王老婆看见我们也说，她也是没办法。 你说这是什么样的世道人心？ 滑稽不滑稽？ 以前的人没有这样的，再穷再苦也是要体面的。就说你妈我，你妈我不是一个好东西。 虽然我不是一个好东西，但是我也从来不屈服。 妈四十二岁那年的冬天，早上五点，失去了你爸……我也一个人硬挺着过来了。 不接受男人的施舍，少享点福罢了。 要说现在的人，真是与我们那时候不同。 以前的人，到人家家里去喝茶，走之前要把茶杯朝桌子中间推一推。 以前的人听评弹的时候，从来不敢大声说话，吃宴席的时候，也不能大声喧哗的……你怎么不说话？"

凤毛说："我只听你说小王小王，耳朵里灌满了小王。"

"那你说。"

"我不说，我喉咙有点哑。"

"你感冒了？ 吃点药。"

"没有感冒。 我不过是夜里和三楼的柴丽娟多说了话，早上起来喉咙就疼。"

"柴丽娟，就是那个香港人包的二奶？ 她是个精神空虚的女人，又无聊又俗气。 你知道吧，这种女人就是鸡。"

"她给我介绍了一个对象。"

"她介绍的没有好货，你别上当。"

"我这种条件，只要有人介绍，就要去看。 不然的话，也只能去当鸡——当鸡也卖不出价。"

母亲提高了声音，说："毛毛，你要坚强一点。"

凤毛扔掉手里的一只馄饨，几乎叫喊起来："我不想坚强。"她拿了自己的手提包，感觉到手在发抖，她放低了声音说："我坚强不了……我走了。"

母亲站起来担心地问她："你到哪里去？"

"我到柴丽娟介绍的那个人家里去。"

"你不要去……好吧，你实在想去就去吧。 那个人条件怎么样？"

"那人比我大一岁，一头浓发，身高马大，一个月的收入有四千块，还肯养我和菲菲。 有一大群女人争着嫁他，女老板、电影演员、大家闺秀，我是最差的一个。"凤毛说完就走。

母亲在她身后激烈地叫喊起来："你和我怄气有什么意思？ 你总是和我怄气，啊？"

凤毛神魂未定地到了胡老师的家里，坐在那只沙发上，喝了一杯又一杯的水。 她眼神发亮，面色潮红，有点让胡老师想入非非。 胡老师仅仅是想入非非，并没有付诸行动，想起昨晚的一幕，他有点怕凤毛。

凤毛也在怕胡老师。 凤毛一看胡老师的神色心里就有数了，这一次，她心里咬定主意不妥协，这是能不能产生感情的关键。 没有感情的男女在一起是不幸福的，这就像一加一等于二那样清楚。 她喝到第三杯水，抬起眼一瞧，胡老师已经拿着一根牙签在剔牙了。 她站起来说：“我来给你拖地板吧。”胡老师也站起来说：“那好，那好。 我付你劳务费。一次三十块。”凤毛笑着说：“太多了吧？ 人家劳动一次是十块或者十五块。”胡老师说：“不多不多。 你这样的身份付得再多也不多。”凤毛的鼻子略略酸了一下。 然后，她愉快地去找抹布、拖把、“碧丽珠”、洁厕精等。 胡老师已经吃过饭了，她不好意思提吃饭的事。 她饿着肚皮足足做了整个下午，才把胡老师的三室一厅收拾干净。 这期间，胡老师听着评弹，一边听一边在沙发上小憩。 五点过后他就去热中午吃剩下的菜，然后招呼凤毛一起来吃。 他吃着饭，若有所思地对自己一个字一个字地说：“明——天——要——上——班——了。”说完他拿眼睛瞄准了凤毛。

凤毛想：算了，他如果还想要我的话，我就依顺了吧，别管那么多了。 刚这样想，心里又出来了另一个声音：不行不行，我不能马马虎虎。

胡老师先吃好饭，他到里屋去忙一番，出来时面目一新：白 T 恤，米色长裤，一双白球鞋。 他的心情显得好极了，走到凤毛的背后，两只手轻轻地搂着凤毛的两肩，拿着架势说："凤小姐，请你陪我到秀园去听评弹好吗？"凤毛回过头，脆生生地答应："好啊！"声音如此之脆，把她自己都吓了一跳。 胡老师接下来的举动令她十分失望，胡老师从裤兜里挖出钱包，从里面掏出三张十元面额的人民币，说："这是你今天的工钱，以后你每个星期六或者星期天到我这里来打扫卫生。 你拿着吧，没有什么不好意思的，这是劳动所得，干净钱。"凤毛想，如果她执意不要的话，胡老师会有想法的，会认为她别有所图而中止和她往来。

　　她接过三十块钱，心里不高兴，嘴里称了谢，洗了碗，和胡老师双双走出门，来到大街上。 旁边有个男人，她感觉良好。 风清爽可爱，所有的人也清爽可爱。 感觉良好的事还有：胡老师把她拉到"的士"后座上一起坐下，还对她说："凤小姐，我喜欢评弹。 你喜欢吗？"凤毛说："不是太喜欢。"胡老师闭上眼睛，把头靠在后座上，说："我喜欢评弹，喜欢干净，喜欢漂亮小姐，还喜欢吃红烧肉……我不喜欢白居易的诗，不喜欢外来民工，外来民工把这个城市的整体文化修养降低了……凤小姐，我也不喜欢柴丽娟，这一点我不得不告诉你，因为我还想和你继续结交下去。"凤毛听了他那么多的不喜欢，慌得赶忙表态："我也刚刚和她交往，我也不是和她太好。"她心里一动，暗想：我真是个不要脸的女人啊！

秀园，明朝后期建筑，据说是一位富商为其表妹所造。表妹叫"秀"。 秀表妹住进园里仅一天，就在园子中间的莲花塘里溺死了。 她溺死的这天，富商正派人将婚庆大典用的礼单送给她过目。 秀死后，事情的真相才渐渐显露出来：她有意中人，是个穷秀才。 这件事除了她的丫鬟，几乎没人知道。 秀不说，因为她知道不可能。 就在她住进园子里的当天晚上，秀才从墙上爬了过来。 丫鬟说，他们两个人藏在秀的闺房里，一直说着话，不知说了些什么。 后来，房门开了，秀挽着秀才的手，把他大大方方地从正门送了出去。 秀死后的某一天，秀才的尸体也从荷花塘里漂出来了。 门房一个劲地对天发誓，说他看门很严的，哪怕是苍蝇，他也从来放母的进去。 那秀才一定是翻墙头进去寻死的。

秀的寡母盼星星盼月亮，盼着女儿过上好日子，她想不通那秀才凭什么拆散一件好事，她也想不通女儿怎么会喜欢那个秀才。 秀才性情古怪，说话尖刻，全世界都像欠着他的。 她想不通的事情大家也想不通。 后来，文人把这件事编成曲目在秀园里唱，富商和秀的寡母成了面目可憎的杀人犯。 更让人想不通。

秀园里死了一对鸳鸯，冤气就重。 有许多传说。 凤毛和胡老师到了园子里，戏台搭好，演员还没到。 两个人坐在河边的紫藤架下，面前的河就是昔日的莲花塘，河水依旧，莲花不再。 夕阳已下，落霞还在西边的天空上徘徊。"落霞落霞"——这是从太阳那里掉落下来的云霞。 落霞转瞬就燃烧完毕，剩下满天空的黄昏。 黄昏就是昏黄，昏黄的光线柔和地垂在黑夜的额前。 黑夜快降临了，风有点凉丝丝的，是从黑夜紧闭的大门里放出来的。

凤毛和胡老师这一次挨得很近，胡老师还是拿着他那把扇子，一下一下地轻摇慢晃，给他自己扇脖子里的汗。 凤毛从小就住在这一带，以前住的是平房，大杂院。 后来大杂院拆除了，造了高楼，作为老居民她又回迁了。 她开始对胡老师讲她从小听来的关于秀园的故事：秀园的夜里，经常会有奇怪的事情发生，红灯笼自己在空中走动，鸭子会突然从荷花塘的水底下冒出来……有人看见，一只癞蛤蟆被一根细红线牵着满地跳……

胡老师沉静地说："我是个无神论者。"

凤毛便低下头，不好意思再说下去。 在胡老师面前，她连抱怨都不敢，她害怕胡老师不讲理由便弃她而去。 这和她对待姜有根是一样的。

胡老师等着戏开场，凤毛再一次陷入无所事事的境地。她回过头去想刚才自己说的那些传说，心里不觉哀怨起来，这哀怨是不牢靠的，像风一样抓不住。 她转头去理会园子里的花花草草。 秋末的花草，全都疯长，看似旺盛，却没有春天的鲜润，遍身笼罩着灰败的气息。 可以预测到一场秋雨来临后，它们会呈现怎样的狼藉。 她放弃了花草，又去看别处：这些屋子，这些花径，在夜深人静的时候，会不会响起轻轻的脚步声？ 凤毛的眼睛随着心恍惚了一下，她看见石榴在秋天里熟了，垂得很低，像爱情中的人，沉思而谦虚，恍惚而敏感。 石榴树下有一丛金黄色的小菊花，开在绿草中间，明亮得像一种假象。 那边还有一株丹桂，开着熟鱼子一样的花，在这座清雅的园子里显得格外地"荤"。

凤毛的心里霎时充满了忧愁一样的渴望。

荷花塘对面，戏子在舞台上开始唱。 凤毛把手朝胡老师那边探过去，坚决得绝望。 她的脑子里有片刻是真空状态，她不知道把手伸到胡老师的什么地方了。 但她知道胡老师把她的手捏住了。 胡老师在犹豫，终于他拉起凤毛的手，说："你家近，我们到你家去吧。"

凤毛尽量让自己显得有经验，他们是走回去的，凤毛一路上用手安抚着胡老师，让他感觉到这一次的男女之欢是舒服的。 他们悄悄上了四楼，进了门，不说二话，胡老师就把凤毛推倒在沙发上。 这只沙发比胡老师家里的小，但也足够一对男女使用了。 然后他慢悠悠地收起纸扇子，放在桌子上。 做好这件事后，他才开始脱自己的裤子。 程序和第一次一点不差：胡老师掀起凤毛的裙子，脱掉凤毛的底裤，把凤毛的两条腿用力地压向头前方。 凤毛的心里喊叫着："亲我！ 亲我！"她闭上眼睛，准备什么也不想。 正在这时，电话铃刺耳地响起来。 电话就在沙发边的小茶几上，凤毛赶紧拎起电话。

"喂，谁呀？"她惊惶地问。

"凤毛啊！"是柴丽娟，"你回家了？ 我打了你好几个电话没人接。 我上来吧。"

"不，不，不要。"凤毛赶紧拒绝。 这时候，胡老师放下了凤毛的腿，直起了身体，眼睛看着他搭在沙发上的裤子。

柴丽娟还在那头说："你怎么了？ 不舒服？ 我有一件事要告诉你。 不过，你先告诉我，你和胡老师下午搞得怎么样了？ 有没有进展？"

凤毛期期艾艾地说："还可以……马马虎虎吧。"

"你听好了。 我有一个同学，就在我们地段派出所里，姓董，也许你见过他。 他今天给我打个电话，说派出所旁边，有家卖烟酒杂货的小店，店主生了重病，想把小店租给别人开。 小董问我要不要租下来，我一想就想到了你，就替你答应了。 租金很便宜的，离家也近，就在秀园的西边。你从东向西走，过秀园，看见第一家烟杂小店，就是它了。"

胡老师的眼睛从自己的裤子上转过来，俯身观赏凤毛的大腿。 凤毛放心了一些，她不想放弃胡老师，也不想放弃柴丽娟说的那家小店。

"好姐姐，你长话短说吧。"她不耐烦地催促柴丽娟。

"我都替你想好了。 你要租小店，必定要一笔启动资金，不多，最多一万吧。 你不是说搞定了老胡吗？ 我知道他有钱，你去问他借，他不会拒绝你的。"

"好的。 我知道了。"

凤毛放下电话。 胡老师欣赏了凤毛洁净的大腿，突然变得兴致勃勃，他把凤毛的腿再次压向正前方，还关心地问："谁给你打电话啊？"此时，凤毛的脑子里完全被那家小店占据了，她利令智昏地对胡老师说："胡老师，我想跟你借一万块钱。 我会很快还你的。"

胡老师的反应非常之快，他放下凤毛的腿，就去拿自己的裤子。 他把自己穿戴好，打开扇子，坐在凤毛的腿边给自己的脖子扇风。 他对凤毛说："在这种时候，你向我提出借钱是不道德的。" 凤毛在沙发上穿上裤头，拉下裙子，光着脚在地上四处找鞋子。 她觉得胡老师说得对，她完全像个不道德的女人。 她的眼泪掉在地上，清晰地"吧嗒"一声。

凤毛把胡老师送出新村的大门。 在大门口，她向胡老师道歉："胡老师，真对不起。 今天借钱的事你就忘了吧。"胡老师说："没关系没关系，你也别放在心上。 你别送了，我还要到秀园去，那里要唱到十点钟呢。 凤小姐，再见。谢谢你今天陪我看戏。"

凤毛看着他的背影，有一件事她百思不得其解：她为什么不痛痛快快地叫胡老师滚开？ 为什么还要像个颇有学问颇有肚量的人一样，送他到楼下，客气地道声再见？

夜里，凤毛做了一个梦：

一个洁净的下雪的日子，凤毛躺在床上，满心欢喜，因为她的身后躺着胡老师。 胡老师的手规规矩矩地搂着她的腰，嘴里呼出温暖而濡湿的气息，像玻璃上迷蒙的水气。 凤毛感觉到胡老师的气息喷在她的后背上，后背一阵一阵地温暖。 窗帘没有关上，窗户就像一张豪华的屏幕，两个人在屏幕上观赏外面的雪景。 此情此景，一派安详纯洁。 男女之情，在这时候不多也不少，是女人需要的。

只是雪下得有点奇怪。 雪下得很谨慎，一团一团，沉重的分量，在空中连绵着朝下坠落。 它在窗户的一半处，分成两种动态：上面一半，雪缓慢地飘落，漫天的大雪花缠绵温存地充塞了空间，像有什么喜事快要到来了；窗户下面一半，雪急速地向下坠落，快得令人心悸，它的速度让人感觉到下面是一个无穷无尽的深渊——一个充满危险的深渊。

凤毛看着这两种景象，一会儿喜一会儿愁，心里忙得不可开交。 她喜欢窗户上半部分的喜景，虽说是虚妄的，但能让她感到目前的生活是安全的，有保障的。

凤毛醒了过来，雪景不见了，她对着空荡荡的窗户发出一声假假的笑声。 这不是个纯粹的性梦，是一个巧妙掩盖了需求真相的梦，它的完美之处在于：性和金钱被好运气不露痕迹地撮合了。 可惜这是假的。

今天是星期一，这两天凤毛忙坏了：星期五，她到超市去找工作；星期六她去相亲；星期天她到胡老师家里去干活并赚了三十块钱。 菲菲还在母亲家里，她不放心，她要在菲菲上幼儿园之前去看看她。

她先给柴丽娟打了一个电话。 柴丽娟在电话里说："你烦死了，这两天我每天一大早就被你吵醒。"凤毛说："姐姐，我是有重要的事找你商量。 那家店我想承包下来，钱你先替我垫着，利息照算。 你不要拒绝我，我是个没本事的女人。"柴丽娟叹了一口气，说："好吧。 我知道你这么早找我绝没有好事。 不过，亲兄弟明算账，利息照银行的算，你一分钱不能少我。"凤毛心中略感轻松。

到母亲家，母亲看见她，说："你怎么又来了？ 菲菲已经上幼儿园了。"

她知道母亲上菜场的时候就把菲菲送走了，她一声不埋怨，连忙又朝幼儿园里赶去。 时间太早，整个幼儿园里静悄悄的，凤毛的乖乖女孩儿一个人坐在小小班的教室里玩积木，她决定不进去打扰了。

凤毛走出幼儿园，看见一个刚刚发育的女孩子，手里拎了一只食品塑料袋，塑料袋里装着生煎馒头。 这女孩子穿一件布睡裙，洗得又旧又软，像质地很沉的丝绸。 她疾步而走，睡裙里面的两只小乳房还无法戴胸罩，硬挺挺地凸现在睡裙上。 凤毛心里一酸：她的菲菲需要她花多少心血才能到这个时候？

她一瞬间差点崩溃。

接下来，她按照柴丽娟说的方向，去找那家烟杂店。 她从西边的大马路上走进巷子里去，先是看见派出所，再看见烟杂店。 小店关了门，门板上方歪歪扭扭地用红漆写着：勤奋烟杂店。 红漆已褪色，更显得这家小店冷冷落落的。 从烟杂店过去，不远处就是秀园。 秀园的门前大院里，一东一西，相对开着两个过路的圆形边门。 东边的门套着西边的门，像一模一样的两个月亮。 穿过两个边门，再向东边的巷子里走，走不远，穿过巷子，就是凤毛住的新村。

凤毛在派出所、小店和秀园之间来回走了几趟。 以后，这条路就是她每天的必经之路。 她不能走别的路，走别的途径，要绕很远的路。

她这样来回地走了好几趟，以便确定这路上没有危害她的东西。 当她再次走过派出所门口时，引起了一个民警的注意，这民警骑着他的摩托，刚到单位。 他把摩托车推进院子里，回过来，职业性地从头到脚打量凤毛，不客气地问她："你找人吗？"凤毛突然想起柴丽娟讲过，她的同学在这家派出所里，姓董。 她问这个对她好奇的民警，派出所里是不是有一个姓董的警察。 那人说，他就是，董长根。 董长根说完又进院子里去了，他看到他的摩托车在漏油。

凤毛看见董长根就忘了胡老师，所以胡老师将从我们这里暂时销声匿迹。 董长根和姜有根，两个人的名字里面都有一个"根"字，此根不是彼根，人家是什么人？ 趾高气扬，说着行话，腰里藏着小手枪。 身上的气息是汽油混合着油墨。

凤毛的脸自作主张地红了。 她不敢有所表示。

她隔着院子的栅栏和董长根平静地唠家常："柴丽娟说

你是她的同学。"董长根蹲在地上头都不抬："哦，是的。这么说来，你是想承包烟杂店了？ 这里生意还是有的做的，首先我，香烟全在这家小店里买。"

董长根举起两只脏手走出院子，对凤毛说："裤子左边口袋里。"凤毛伸手到他左边的裤袋里掏出一串钥匙。 董长根命令她："跟我来。"到烟杂店门口，又命令她："开门。"门打开，是一个短而窄的过道，仅容一人侧身通过。 过道底侧着一个小口子，从那小口子里面进去，是一间十平方米大小的房间，用货柜一隔为二，后面放着一张小桌子，小桌子上摆着碗筷之类的东西，角落里放着一只痰盂，还有一个水龙头和水池子。 前面就是做生意的门面。

董长根在水池里洗了手，领着凤毛到店面上去察看。

这董长根是派出所的副所长，店主发病的那天晚上，正好是他值夜班。 店主是个老单身汉，巧了，就姓单。 单身汉老单家里只有一个七十岁的妈和一只老猫。 董长根把老单送到医院里，挂号、拿药、拍片、送急诊病房，大大忙碌了一阵。 他与老单原本不熟，因为买烟的缘故，成了老熟人。生了重病需要休养的老单把店铺的钥匙交给他，说不靠爹不靠娘，请共产党给他找一个店铺承包人。

董长根说完了必要的交代，就专注地看着凤毛。 这个女人干净、谦虚、坦然，一看就是规矩人家出来的。 这个城市有许多像她这样的女人，生活困难，规矩，心里有一些打算。 他朝凤毛笑一笑，凤毛不知道他为什么笑，也向他笑了一笑。 和气生财，她是懂的。

董长根问："你中午吃什么？"

"炒素青菜和蛤蜊汤。"凤毛说。

"那我到你这里来吃吧。"董长根说。 又说，"不行，被别人看见了，以为我和你勾搭上了。"

听了这句话，凤毛就不说话了，她不是个粗放的女人。

"你前夫和你还有往来吗？"董长根问。 不是好奇，只是随便。

"没有往来。"

"真可惜。 你多会烧菜啊。 我那位只会做炒鸡蛋。"

以上一席对话是在凤毛和董长根之间进行的，他们刚认识了两天，已经熟悉到能这样说话了，可见他们是投缘的。星期一，凤毛去看了店铺，星期三早上八点钟，她就去做买卖了。 下岗后，她给人家看守过五金商店，对买卖这一行并不陌生。 移交手续办得很快，押金、半年的房租、库存商品的盘点、进货渠道的安排，有董长根在里面斡旋，凤毛觉得少了不少麻烦。

但麻烦还是有的。 星期三，也就是凤毛工作的第一天，晚上八点刚过，天上飘着雨丝，凤毛看看巷子里渐无人迹，就落下门板准备回去。 菲菲在柴丽娟那里玩，她要早点回去把她领回来。

她在店里略略收拾一下，拎起手袋，关上店门就走了。

巷子里从东到西亮着几盏昏黄的灯，灯光里纷乱地飞着小虫一样的雨丝，雨丝带着闪烁的光芒，像另一种狂乱的灯光。她一出门，就看见秀园那两扇笔直的开在路中间的门洞。从东边的门看到西边的门，两扇门之间就是秀园的大院子，里面黑黝黝静悄悄的让人想入非非。

现在起风了，风刮过巷子两边的墙头，把粉墙里面的树摇得呼啸不止。小雨中的风有些凉，隐隐约约让人感到冬天的气味。凤毛慢慢走近秀园边，她从两扇门洞望出去，看到对面的巷子里杳无人迹，一盏路灯亮在那里的第二扇门外，黄着脸不怀好意地引诱她走过院子。这院子在夜里就变成了诡谲的深渊，深渊里头有着历代的孤魂，秀和她的秀才就浮在众孤魂之上。

凤毛回过头看看，身后的巷子里也杳无人迹。只有一株不知名的植物长在粉墙的砖缝里，开着黄花，在风里活了似的拼命摇摆。她一咬牙，走进门里面，刚想继续前进，她的心莫名地狂跳，脚也不听指挥地连连后退。退出门外，定定神，再一咬牙，冲了进去。她勉强让自己睁开眼睛看看四周，其实这园子里的景物都是她熟悉的：南边的四棵花树，北边的铆钉大门。大门外守着两头石狮子，一雌一雄。雌的抱着一头小狮子，雄的在玩一只圆球。这里丝毫没有怪异的东西，丝毫没有威胁她的东西，她还是万分害怕，忍不住"啊"的一声惊叫，回身就跑。向西跑出小巷子，走到灯火辉煌的大马路上，她的心情才渐渐平复下来。

这天她走了一段很长的路才到家，到家里快十点了。 柴丽娟不满意地对她说："你做的是白天生意，一过吃晚饭的时候就不会有什么生意了，你以后还是早点回来吧。 我是你用的保姆吗？"凤毛一手抱了菲菲，一手摸摸柴丽娟的脸蛋，感觉到她的脸上火烫一样，就说："你吃了火药啦？"柴丽娟"哼"了一声，说："今天我给他打电话，我叫他来，他不肯。 难道说我靠电话就能过日子吗？ 我迟早要找个姘头。"凤毛安慰她说："算了，你怎么想不开了？ 你还有个男人呢。 我还没有呢。"柴丽娟气呼呼地说："我是二奶。"凤毛说："管它是二奶还是三奶，我还想找个人把我包掉呢……"柴丽娟说："你开玩笑吗？ 这条路不好走。 我这样本事的女人还过得有气无力的，你就更不用谈了。"凤毛说："你告诉我哪条路好走？ 你看我吧，不会有什么好下场。"柴丽娟吃惊地朝凤毛瞪大眼睛："你怎么这样说话？ 不怕老天爷遣雷打你？ 凤毛，人受到打击时要挺起腰杆，我这样，看……"

凤毛抱着菲菲上楼，淡淡地扔下一句话："我挺不起腰杆。"

柴丽娟"吃吃"地笑起来。

这是凤毛碰到的第一个麻烦。 她不是个胆小的女人，想不通自己为什么对秀园的大院子感到莫名的害怕。 这是一个无法对人言说的麻烦——她认为是一个女人的麻烦。 女人的麻烦很多，包括月经、长头发、高跟鞋、菜场、炉忌、胆怯等等。

夜里，情绪紧张的凤毛又做开了梦。

她在秀园里，站在绣楼上。 陈旧不堪的绣楼，是秀曾经梳妆过的地方——不会超过三次。 夜里住进去时一次，第二天早上一次，投水前一次。 投水前她肯定会做一次，这就是长发的麻烦。 屈原屈大夫也是长发，他投水前不会梳理头发，他满腔悲愤化作惊心动魄的吟哦。 绣楼上的窗子挂着薄如蝉翼的竹帘——这是个象征，因为从这竹帘里望出去是一览无余的，却比什么都不挂更含有某种意味。 从绣楼上看下去，大门外是青石板的巷子，大门是关着的。 她听见大门外有人呼唤她的名字："凤毛，凤毛。"一个陌生的声音。

她去开门。 开门的时候，她走过一段非常复杂的路。走过的路计有：青石板路、鹅卵石路、土路、碎石子路。 她走的桥计有：拱桥、曲桥、直板桥、廊桥。 她看见的屋子计有：正厅、轿厅、卧室、闺房、偏房、书屋、饭厅、米仓。 她看见的花草树木数不胜数：柳树、桂树、银杏、石榴、桃树、蜡梅、芍药、紫藤、竹、兰花、书带草……都是一些具有妖娆姿态的树木花草，是可入诗入画的。

她终于走到大门边，门开了，她首先看见的是一个静悄悄的略略透光的夜，昏黄的路灯亮在那儿，不怀好意地觑着脸。 她把目光移到呼唤她的那个人脸上，她看见了谁？ 她看见了另一个凤毛。

她大吃一惊，赶快往回跑。 董长根坐在她曾经坐过的那架紫藤架下面，呆呆地看着面前的河塘。 她看见了救星，忙不迭地喊着董长根说："救命。 外面我在找我。"董长根站起来说："我去把她赶走。"

凤毛做完这个梦就醒了，浑身吓得汗淋淋的。 她不知道董长根要把谁"赶走"。 也就是说，那个将被赶走的"她"到底是谁？ 她想起小时候，有一个邻居阿姨会详梦。 她也是个特别奇怪的人，她只给女人详梦，人家说她给男人详梦就不准。 譬如说有一个男人和一个女人做了同一个梦：在什么地方大便或者小便。 她对那个男人和女人都这样说："不出三天，你要破一点小财。"三天中间，女人必定失财，男人却好好的。 这个会详梦的女人很不幸，她的儿子溺水而亡，丈夫怪她是她克死儿子的命，无论如何跟她离婚了。 她到晚年时，经常到小菜场去捡菜皮吃，一边捡一边对自己说："世界上的菜，最好吃的是菜皮。"这里，谁家女人埋怨丈夫让自己受穷，别人就对她说："世上的菜，最好吃的是菜皮。"意思是叫她知足。

凤毛试着给自己详梦。 在这个过程中，她有些厌烦自己，没有足够的理由，就是厌烦自己。 头晕、恶心、腹胀、眼花，既像妊娠又像醉酒。

那为什么梦见董长根呢？ 她再三拷问自己，她对董长根有没有什么非分之想？ 拷问结束，回答：有。

星期四，凤毛上班的第二天。 一大早，董长根不知从什么地方冒了出来，戴着一副墨镜，倚在柜台上，眼睛在墨镜后面直勾勾地打量凤毛。 凤毛说："我昨天下午没看见你。"他说："我带人执行任务去了——区局里的任务。 你昨天晚上什么时候打烊的？""八点半吧。""有没有坏人跟踪？""谁来跟踪我？ 我这种人，一没钱二没色。""谁说的？ 你是个漂亮女人。 漂亮女人就是最大的资本。""我不相信你说的话……你不要和我说话了。""不行，我一定要缠着你。"

这是凤毛认识董长根的第四天。 他们认识了两天就肆无忌惮地说一些话了。

有一点凤毛是清楚的：董长根对她有"意思"，为此她感到高兴。 同时她又很奇怪，董长根喜欢对她说一些意味深长的话，除此之外，他显得非常谨慎。 看来，他更愿意用语言引逗凤毛。

董长根和胡老师不同，他不是容易被女人惊吓的男人，他对女人有一种指挥权，这种指挥权来自他身上淡淡的烟草味，来自他身上隐约的汽油味，还来自职业所形成的肃杀之气。 他做事和说话都是不急不躁的，仿佛成竹在胸，对这个世界已经掌握了许多。

凤毛对他持观望态度，她认为自己还是个具有"道德"的女人，虽然胡老师曾经在这方面否定过她。 如果董长根直截了当地勾引她，那她会毫不犹豫地对他说："我不是那种女人。"但接下来怎么办呢？ 接下来一切听天由命吧！ 如果董长根穷追到底，她决不想当一个意志坚决的女人。

董长根并不想考验凤毛的意志。 凤毛不知道，他对待女人的态度从来如此，不逾规，只是调笑。 如果你不情愿，他就马上正儿八经地对你，也不会记恨你。 凤毛更不知道，这一阶层的男人大都采用了这种态度，他们基本上是功成名就，家庭事业双丰收。 但他们心中有一块地方是焦虑和空虚的，经常性地需要用柔软的东西抚慰一下，调情或调笑是一剂最有效的强心针。 这剂强心针还有一个好处：绝不会带来危险，势如抚摸一下猫的毛皮。 有谁见过抚摸猫咪会带来危险吗？

董长根还在问："你有一个女儿叫菲菲吧？ 你回去这么晚，放在谁家里？"凤毛说："放在柴丽娟家里。"董长根说："给我拿一包烟……柴丽娟这个人心地是不坏的，但你最好不要和她搞在一起。"凤毛想，为什么男人们对柴丽娟表面上都是客客气气的，背地里却不允许他们的女人和她往来？ 凤毛说："我知道了。"董长根再一次意味深长地看看凤毛，对凤毛的顺从表示高兴。 他抽出一根香烟，叼在嘴角上，这个无意中的姿势突然深深打动了凤毛，于是凤毛讲："我昨夜里做梦梦见你了。"董长根已经朝所里走去了，他们说了许多话了，调情该结束了。 所以他头都不回地说："梦里头我没对你干什么吧？"凤毛听出来这并不是一句问话，不需要回答。 她定下神来仔细回想董长根的言行举止，觉得他有点不可捉摸起来——男人和女人一样也有不可捉摸的地方。

　　但在董长根那一边，事情就是明朗的。 他一本正经地抽着烟回到所里，这个地段是一个太平的地段，除了居民的自行车经常被外来民工偷窃，一年到头，不大有恶性事件发生。 只是最近，区里搞大规模的拆迁，工地上常有外地民工打架斗殴小偷小摸的事发生。 当然他也有忙的时候，那是区局常有任务派下来。 区局的一把手常说："董长根呢？ 叫董长根过来。 这家伙！"每次任务他总是完成得很好，从不拖泥带水。 他坐下来，眼睛落在玻璃板下面，他的老婆和儿子正互相搂着头颈冲着他笑哩。 他在这儿忘了凤毛，他有他的工作和家庭，凤毛不过是一个渴望受他保护的小女人，在他的生活中，他不止一次地碰到过这样的女人——都是些好女人，他和她们之间从来就没有发生过不可收拾的事情，一男一女调调情是无伤大雅的。

　　到中午，董长根走出派出所的院子。 这时候，他又想起凤毛了。 他站在大门口朝凤毛的小店望去，看见一个身材矮小的男人两只手撑在柜台上，不停地要凤毛把柜子里的东西拿给他选择。 柜台低低的，空间又小，凤毛每次拿东西的时候总要弯着身体，头偏向一方，这是个委屈的受难的姿势，让她显得紧张而局促。 她的清水白果脸再也不干净了，脸上面红一块白一块，额头上水气氤氲，像被酷夏的太阳晒了半天。

　　那个矮小的男人嘴里说着话，两只手撑着柜台，两只脚也不闲着，不停地在地上动来动去，很激动的样子。 董长根看在眼里，不动声色地走过去，一把揪住那个男人的领子，那男人回过头，一看是个警察，二话不说，挣脱董长根的手就向秀园方向跑走了。

"是个外地民工，也许是个'踩点'的小偷，这两天你要当心一点。"董长根关照她，很真切。

凤毛说："我不怕他，他比我矮呢，看上去一米六还不到。 胳膊也没有我粗。"

董长根说："这种体形犯罪的不在少数。"

"你也不喜欢外地人？"凤毛想起胡老师曾经对她说过，他不喜欢柴丽娟，不喜欢白居易的诗，不喜欢外来民工。

"不能一概而论。"董长根回答。 这个回答很称凤毛的心，因为凤毛总是认为自己比外来民工好不了多少，基本上也是属于劳苦大众一类人。 她喜欢董长根的宽宏大量。 女人喜欢男人宽宏大量。

她问："你午饭吃好了没有？"

董长根已经低头钻进屋子里了，他把桌子上的菜一样一样放到鼻子边上嗅，嘴里说："啊，好香！ 好香！"却一直站着，并没有打算坐下来。

凤毛敦促他："你坐下来吃了再走。"

董长根说："不行，这是违反纪律的。"他说着就朝外面走，凤毛跟在他后面，想不出挽留他的法子。 两个人在窄小的过道里一前一后地走，靠得很近，引得凤毛起了贪婪之心，她目不转睛地打量前面那个高大敦实的肉体，突然涌起一个冲动：这个男人是属于她的，他会给她提供所有的一切。 所以，为了这个，她一定要亲近他。

她从后面伸出手，拦腰抱住了董长根。

董长根愣在原地不动，嘴里说："哎呀，你这个人胆子好大哟！"他用手轻轻地拍打凤毛的手背，客气地，理性地，所以，凤毛的手只好落了下去。

凤毛有些着急，说："你到底对我怎么样吗？"

董长根不说话，留了长长的一段空白给自己和凤毛，然后他感觉良好地说："凤毛，我要你怎样就怎样。"

凤毛问："怎样？"

董长根说："不要怎样，和以前一样。 你想想，我们能怎样？"

凤毛想，董长根的话是对的，也是错的。 她现在只能认为他是对的。 她把董长根送出门外。 昨天夜里下了雨，今天的空气里有一股湿润的气息。 凤毛眯起眼睛，目送董长根朝巷子西面的大马路上走去，她看看空空的天和空空的巷子，心就像在某些夜里一样，寂寞得无以言说。

她回到小店里，饭菜原封未动地摆在那里，她斜着眼睛瞥了它们一眼，一点食欲也没有，坐在那里，不知道心里该想些什么。 所幸的是，秀园里来了一支旅行团，一些游客向她的小店奔过来，买烟或饮料。 她顿时手忙脚乱，把刚才的事抛到了脑后。

下午，凤毛看到柴丽娟从派出所的大门里走出来，董长根送着她，两个人说说笑笑，一起朝凤毛的小店走过来，看上去一副郎才女貌的样子，凤毛心里又是一荡：最令人心疼的就是这类男人，和每一个漂亮女人都能郎才女貌。董长根来到小店，拿了一包烟就走了，对凤毛笑着说："刚才忘记拿香烟了。我心情一激动，就会丢三落四。"凤毛知道他在影射什么，脸红了。

柴丽娟看看董长根的背影，再看看凤毛的脸色，开玩笑地把脸凑近凤毛的脸，仔细地观察凤毛的眼睫毛，她还用手去碰碰凤毛的眼睫毛，说："从来没见过你的眼睫毛这么漂亮，又油又亮。一个女人，身上什么地方突然漂亮起来，肯定身边有情况了。我那时候，漂亮起来的是嘴唇，红得像化过了妆——其实没化妆。"

凤毛讥讽她说："你那时候……什么时候？碰到香港人的时候？"她不理会柴丽娟，从柜台里取出一面鸭蛋镜，照照自己的脸，又放下了。这两天她手上忙着，心里也忙着，脸上灰灰的，嘴唇是淡红的，清水洗过一样。她不禁叹一口气。

"我是个骚女人，这么忙，还在惦念男人。"她凑近柴丽娟的耳朵告诉她，用的也是开玩笑的口气，但她说的是真话。

柴丽娟安慰她："这很正常。"然后，她退后一点，以便观察凤毛的神情，说："董长根家里有老婆有儿子，夫妻关系很好，他老婆也是我的同学。有一次，一个女人告诉他老婆，说董长根老在外面调戏女人。他老婆说，我们董长根，工作忙，神经紧张，不过是借此放松放松。我不原谅他谁原谅他？"

凤毛避重就轻地回答："我不过是寂寞。"

柴丽娟说："真是这样倒好了。你今天这样想，明天又那样想了。今天要物质，明天又要精神了。凤毛，你这个人很难弄的，你比我复杂多了。我的生活很简单，我厌烦自己去辛苦赚钱，就靠一个男人养着。我对男人要的不多，就是钱。"

凤毛说："女人对男人，要钱的时候痛苦，还是要精神的时候痛苦？"

柴丽娟说："当然是要钱的时候痛苦。女人得到男人的钱时，同时也得到了精神。所以在男人那儿，钱等于精神，精神不等于钱。男人乐于给精神，不乐于给钱。但也有例外，譬如我，什么都有了，就是缺少床上的温暖。"

凤毛说："真是恬不知耻。"

柴丽娟捶了凤毛几下，不服地叫嚷道："你骂了我多少了？以后不许这样骂我，听见没有？"凤毛说："好了，以后不骂你了。下午你给我去接一下菲菲……明天就不用你去了。明天是星期五，我叫我妈去接她回家。"

柴丽娟临走时，真心诚意地对凤毛说："凤毛，其实我很佩服你的。你下岗的工资是多少？二百四。扣掉养老保险才多少？ 像你这样还在不停地梦想。 女人都爱做梦，像你这样坚定的不多。"

凤毛说："你不如骂我吧！"

柴丽娟走了之后，凤毛接到一个电话，是胡老师打来的，她很吃惊，不知道胡老师为什么给她打电话。 胡老师说没有别的事，只是想请她后天星期六的晚上一起到秀园听评弹。 他听柴丽娟说，凤毛就在秀园边上开小店。 凤毛不解地说："我以为你再不想和我往来了。"当然这也是一句问话。 胡老师说："凤小姐，我怎么会那样想？ 你身上有一种特质吸引了我，那就是你的独立和坚强。 我崇敬这一点，我希望你不要嫌弃我，答应我。"凤毛说："我靠小店养家糊口。"胡老师慌忙说："不要马上拒绝我！ 我们可以晚点去，我等你打烊。 好不好？ 你考虑考虑再回答我好不好？"凤毛说："好的，我考虑考虑再回答你。 胡老师，谢谢你，还想着我。"胡老师说："不客气不客气，不必客气。 但愿你不要认为我很无聊。 我这个人寂寞是有点的，无聊是没有的……我真的很寂寞，凤小姐。"

凤毛挂上电话，长长地叹了一口气，这一口气叹完了她觉得心中很舒畅。 然后她乐观地想：不管怎么说，这是个好兆头。 从今以后，生活也许会好起来。 怎么个好法？ 不知道。 不知道的事太多了，可以不必计较不知道。

这是星期四。 上星期五晚上，柴丽娟给凤毛介绍了胡老师，这事情一晃过去了快一个星期。 这一个星期中，凤毛生活的重心是小店的营运，董长根也算是她的生活重心。 她一开始并不敢存奢望，只是胡乱想想，胡乱做做春梦而已——拿董长根做梦总比拿胡老师做梦好。

今天，与往日不同。 胡老师来过电话后，凤毛突然想起今天晚上董长根值夜班，这是他对她说的，也许含有深意，也许只是顺口言道。 这都没有关系，重要的是：凤毛已经感到内心有一种力量升起来了，坚决、强悍、疯狂，就像她的离婚阶段，中了魔似的，只剩下一点点理智与外界脆弱地联系着，联系着的也就是日常生活中不可删除的皮毛。 现在她又进入了这种状态。 今晚董长根值夜班，她在盘算着，晚到什么时候打烊才好？ 太早不行，派出所里有闲人。 太晚了也不行，太显山露水，毕竟董长根对她只是嘴巴上调调情。那么，秋天的夜晚，什么时候会安静到就如两个人的世界？

很快到了晚上。 下午五点，秀园关门了。 秀园一关门，巷子里萧条起来，小店就少有人光顾。 今天没下雨，到了傍晚，天开始阴沉下来，满天的灰云，把星星全遮掩了。凤毛记得今天是农历十六，月亮最圆的日子。 如果天上没有灰云，那会有怎样一轮明月？ 明月之夜，该会有怎样的浪漫心情？ 凤毛又想，就是没有明月，女人的心情也该是浪漫的。 就是没有好容貌好条件，女人也该是浪漫的。 女人只要能吃饱穿暖，心情就该浪漫起来。

凤毛大大咧咧地这么想着，关了店门。 这时候是晚上九点钟，她听见小店后面的一间屋子里传出老式报时钟的"当当"声。 她知道是九点，不用数，不用看。

这时候去最好。 早了有尘土之气，晚了有诡谲之气。秋夜的九点，清洁、神秘。

她朝巷子的西面走，她想，如果回家也向西边走多好。她就不用过秀园了，还能路过派出所。 可惜的是，她必须向东走。

就到派出所了，看见栅栏里面的灯光，凤毛的心没有来由地一疼，这一停顿让她的思维略为清晰了一些，她手扶栅栏，苦思片刻，终于做出决定，不进去了。

她仿佛坚决地走向巷子的东边，走近秀园。 这一次她比昨天更胆怯，甚至不能跨进门里一步。 她在边门边徘徊，理智在秀园的边门处彻底崩塌，她对着那个空荡荡的黑暗所在差点大叫起来。 她回转身，神经质地深一脚浅一脚地奔向派出所，奔向她的董长根。

今晚董长根值夜班。 所有的夜班都是寂寞的，董长根也不例外，打上几个电话后，他就有一搭没一搭地翻看一本卷宗。 屋子是他熟悉得不能再熟悉的屋子，屋子里每一种细微的气息他都熟悉，每一样摆设都经年不变。 屋子就像他的老婆，与他息息相关，熟悉得让人有些厌倦，却让人无比依赖。

凤毛来敲门。 她神情里有些粗野，与往常不太一样。董长根忽略了这一点，凤毛突然出现在他面前，他很高兴。

他拿出藏起来的好茶叶，给凤毛沏了一小杯茶，放在她的面前。 茶香弥漫了一屋子，这是凤毛的感觉。 她端起杯子，眼睛在杯子上面炯炯有神地盯着董长根。 从出现到现在，她还是绷紧着粗野的神情。 她告诉董长根，她非常害怕在夜里走过秀园前面的大院子。 董长根不能理解她的害怕，他不确定地低低地笑了一声，说凤毛可能小时候听多了鬼故事，或者她是患上了广场恐惧症，最好的办法是喝一点酒压压惊。

于是董长根又从文件柜的最下层掏出半瓶黄酒，给两只玻璃杯平均倒上，一杯给自己，一杯给凤毛。 他是想发生点什么吗？ 不，他不想发生点什么。 他如此大胆，只是自信能控制凤毛。 他碰着了凤毛的手，凤毛的手冰凉，这让董长根的心多情起来，他差一点就要去捏捏那冰凉的手。 不过他及时地咳嗽了一声，抑制住自己的欲望。

凤毛心绪不宁，迟迟不碰那杯黄酒。 今天夜里，这个时候，因为有走投无路的感觉，所以她十分十分地渴望着。

看她迟迟不说话，董长根主动对她说："真的害怕啊？那我送送你吧。" 其实他不想送的，他怕一送就送个没完没了。 但他又想把凤毛送走，她不说话，不喝酒，让人不快。

凤毛抬起眼睛，她抬起眼睛的时候让别人感到她的睫毛是非常沉重的。"我是想来看看你。"她说。 她内心无法掩饰的紧张，使他也紧张起来。 他决定和她说一些严肃的话。"你是个值得尊敬的人，坚强，勇敢，吃苦耐劳。 我说得对不对？"他说。

凤毛睁大眼睛说："不对。"

董长根笑了一笑，凤毛跟着也笑了一笑，这使气氛更紧张了。 这紧张的气氛像一把尖刀一样，逼迫着凤毛走到语言的悬崖边上。 于是凤毛说了以下这些话：

不对，我一点也不勇敢。 我告诉你一件事，我离婚以后，厂技术科科长想勾搭我，他总是打电话打到我车间里来，他工作是清闲的，所以每天给我打一个。 他在电话里给我说什么呢？ 他总是在说，我想你，我想你。 你的身体把我迷住了，我一定要把你搞到手，我们上床睡觉吧，你不知道我床上功夫多么好……你看，我硬起来了，不信的话，你过来看看……

董长根热血冲到脸上，他开始兴奋，很配合地问凤毛："那你一定很害怕是不是？"凤毛说："是，我只是一个小女人，我害怕的东西很多。"董长根说："从此以后你不要害怕了，有我呢。"凤毛说："从来没有男人对我有过许诺，你是第一个。"董长根听了这句话，马上愣了。 在本质上他是个好人，他不想让这场游戏进行下去了，他负不起如此重的责任，他有家庭。 他叹了一口气，喝光自己杯子里的黄酒，问凤毛："你喝不喝？"凤毛摇摇头，董长根一口又把凤毛杯子里的黄酒喝完了。 然后他站起来，他一站起来，凤毛就知道接下来的夜晚不是他俩共同的夜晚了，而是互不相干的。 就是说，今夜已经结束了。

凤毛心里哭喊着，她的声音没人听得到。 人生最大的悲剧发生于床笫之间。 你的床笫或他的床笫，上了床的或没上床的。

　　他们从办公室里走出来，默然地走在小巷子里。 董长根伸手摸摸脖子说："好像飘雨丝了。"凤毛说："啊，是在飘雨丝了。 那你不要送了。"董长根站下来，说："好吧，我就站在这里看着你过去。"

　　他拍拍凤毛的肩，让凤毛走过去。 于是凤毛在董长根的注视下走过了秀园，走到秀园那边的巷子里去了。 她转过身朝董长根挥挥手，董长根也朝她挥挥手。 董长根放下手，不悦地想：一个生活很糟糕的女人！ 他不喜欢和生活很糟糕的女人打交道，这种女人一旦出现在他的生活里，将带给他无穷无尽的负担。

　　再说凤毛，她一走到董长根看不见的地方就倚到了墙上，大病初愈一样浑身乏力。 现在她清醒了一些。 今晚她是失望的，但办公室里显而易见的暧昧气息让她还存着一点希望，使她鼓起勇气不去否定刚才的行为。 她想：滚他妈的道德！

　　一阵风带着雨丝猛刮过来，路灯好像晃荡了一下。 她抬眼四下里一瞥，打了一个冷战。 路上一个人都没有，秀园在西北方向伫立着。 凤毛抓紧她的包，"踢踢踏踏"地小跑起来。

　　凤毛凌乱的脚步声引起了一个男人的注意。 于是我们转到另一个与凤毛有关的场景。

这个男人最近一阶段总在这里晃悠，就是那个到凤毛小店里寻衅又被董长根赶跑的男人。 他从很远的一个地方来到这里，在离秀园不远的一个工地上干些杂活。 他是个被人欺负的可怜虫，究其原因，一是因为他不善讲话，二是因为他身高不满一米六。 工地上常有老工和新工打赌，赌他到底有没有一米六，赌五块钱或一个巴掌。 一逢到这种时候，他总是嘴里嘀咕着："我怎么没有一米六？ 回去问你妈，我到底多长她知道。"一头说，一头就跑。 别人把他抓兔子一样抓起来，摁在地上，用皮尺从头到脚地测量，没有一回量到过一米六的高度。 但是他总不服，赌咒发誓地说他有一米六，这世上所有的皮尺都不准。

他的外号几乎是信手拈来的——"一米六"。

"一米六"的脆弱是工地上的笑柄，没有一个男人会这样脆弱：他不敢做梦，任何梦都不敢做。 如果有一夜做了梦的话，他早晨起来必定磨刀。 刀整夜整夜地放在他的枕头底下，做一次梦磨一回，做两次梦磨两回……你想想看这把刀有多快？ 有一次，工头从他的枕头底下拿出这把刀，对他说："'一米六'，你要这把快刀干什么用？ 你也配用这么快的刀？ 我看你不如揪根树枝磨磨。 你这样的人，不是我看不起你，给你配个好女人你也玩不起来。"

工地上干活的人都是"一米六"的家乡人，家乡人的亲戚基本上也是"一米六"的家乡人，这个城市里有许多"一米六"的家乡人，他们或在工地上干活，或在饭馆里、工厂里、菜市场干活。女人都老实，男人都不怎么安分。一离开土地，女人们就管不住男人啦。男人们嫖妓、滥赌、偷盗。这三样中，尤以偷窃最盛。他们偷自行车、摩托车、阴沟的盖子，有时还会进入人家的屋子里偷东西。如果被别人发现，他们就大模大样地说："哎呀，走错门了。"他们对受害者不具有人身危险，他们不是专业扒手，不在公交车上或商场里挖人家的口袋，他们也不像有些人，在大街上抢女人的包。他们偷东西有点业余爱好的意思，有点调剂生活的意思，更有一层意思：这是勇气的证明。偷一辆自行车，大致等同于部落里的勇士割下敌人的一根手指，偷一辆摩托车等同于割下敌人的脑袋。

"一米六"从来没有偷过任何东西，他所有的家乡人都知道："一米六"不是不想偷，他是不敢偷。一个连做梦都害怕的男人，他敢偷东西？

"一米六"知道家乡人对他的鄙视，他决定先偷一辆自行车再说。那天他在一家超市门口打开一辆自行车锁，骑到马路对面时回头一望，看见一个年轻的女人站在失去自行车的地方发呆，他觉得事情变得有趣起来。他把自行车放到一条小弄堂里，然后他就坐在超市门口看那个女人来来回回地找寻，他很欣赏这个女人脸上受伤的表情。人在遗失东西的时候是脆弱的，这个女人也是这样，她脸上的脆弱打动了"一米六"，他第一次觉得有人比他更弱。他坐在那儿一直到那个女人离开，他才站起来，大摇大摆地走到马路对面的小巷子里去拿自行车。这件事给"一米六"一个经验，那就是，只要想做一件事，就会轻而易举地做成。

"一米六"高高兴兴地把自行车骑回工地，他碰见的第一个工人问他："'一米六'，车子哪来的？"他回答："借的。"所有偷来的自行车都是"借"的。那个工人就走近来打量"一米六"的自行车，最后下结论："这种自行车也值得借？"另外一个工人说："算了，他能借什么样的车？"

"一米六"在偷这辆自行车前，曾花了一些时间察看地形，还花了一些时间观察骑车人的表情，他发现所有人都不是好惹的，直到那个被他偷了自行车的年轻女人出现。应该说，这个女人看上去也是不好惹的。问题是，"一米六"与她冥冥之中有着千丝万缕的联系，他看得见这个女人的脆弱。这个女人长着一张清水样的白果脸，五官都是清清爽爽干干净净的。她走进超市的时候，"一米六"就看见她有点心神不宁，她站在人行道上，把手放在胸口上，大大地喘了几口气才走进去。等到她出来，一发现自行车没有了，那张白脸立刻灰了，连嘴唇都灰了。然后她就拼命地找，一只手捂住嘴，好像无法接受事实的样子。这时候，"一米六"已经从马路对面过来，坐在超市的门旁，贪婪地欣赏这个女人的一举一动。他头一次尝到猎人的滋味，虽然是一个小小的胜利，但他已经极大地满足了。这一天，下着淅淅沥沥的小雨，"一米六"的家乡没有这种淅淅沥沥的绵长的小雨，他从来没有在这种小雨中思考过、观察过。 腻人的小雨并没有妨碍"一米六"的嗅觉，他嗅到这个女人有一刻内心十分沮丧，沮丧到几乎丧失了信心。"一米六"回来以后一直回味那个女人到达极致的沮丧，他信心十足地想："哼，女人啊！这就是女人。 女人就是这种样子。"

"一米六"偷自行车的壮举很快便被他的家乡人忘得一干二净，他又是原先那个被人嘲弄的"一米六"了，于是"一米六"又开始游荡在大街小巷。 有一天，他走过秀园，看见了那个勤奋烟杂店，同时也认出了那个女人。"一米六"欣喜若狂，他终于找到一件有价值的事做了。

这个城市真小，要不就是凤毛活该倒霉。

不管怎么说，凤毛这时候紧张地在小巷子里小跑起来。这一带的小巷子有个特点，巷子里几乎没有一扇门，全是高高的围墙，围墙之间狭窄得仅容两个人通过。 凤毛一路跑，一路耳听四周的动静。 突然她听见背后响起脚步声，轻而快，就像是她鞋子的回声。 她不敢回头张望，生怕一回头就看见一张狰狞的脸。 她心慌着，所幸脚是快的。 飞快地出了小巷地带，看见新村的万家灯火，激动得眼泪都掉下来了。 她朝后面抗议地一回头，看见一个矮小的身影站在老房子的阴影下面。 她觉得有点认识这个人。

这个人正是"一米六"，他在夜里又游荡出来了。 他是这个城市里真正的孤魂野鬼。 正要路过秀园的时候，他看见一个女人在前面慌慌张张地跑。 他喜欢看见别人的恐惧，他想知道这个女人害怕什么。 于是他也跟随着女人跑起来了，他惊喜地看到女人更害怕了。 他一路用脚步声吓唬着女人，出了巷子他就不追了。 那女人回过头，他认出是开小店的女人，也是被他偷走自行车的女人。"一米六"站在巷口不动了。 后来，他慢慢地蹲下来，看着凤毛消失的地方，他感到身体像腾云驾雾一样。

再说凤毛，她气喘吁吁地跑到三楼，敲敲柴丽娟的门。门开了，菲菲和柴丽娟同时出现在门边。 凤毛一把抱起菲菲，心有余悸地说："吓死我了，有人跟踪我。"柴丽娟马上躲到门后说："谁？ 谁？ 在哪里？"看见柴丽娟这么紧张，凤毛反而安定了。 她说："没事的……甩掉了。 你看你，还到俄罗斯跑单帮呢，就这个样子？"菲菲面对面地抱住凤毛的脖子，娇声娇气地耍赖："我要住在这里。"凤毛说："不许。"菲菲扭动两条腿想挣脱凤毛的手，凤毛恼了，腾出一只手在菲菲的屁股上揍了两下，菲菲梗着细脖子，瞪起眼睛，满脸愤怒。 凤毛又在她的屁股上揍了一下，说："小小年纪，就这么犟？ 长大了看你跟谁犟去？"柴丽娟上来扶住凤毛的两肩，对凤毛说："你今天不大对劲，我不放你走了。你们两个人今天都住在我这里。 来，快进来吧。"

菲菲进了梦乡。 凤毛搂着女儿，看她的脸上升起了两团粉红的云，嘴唇也在酣睡中变得艳红。 她目不转睛地看着，看得入了迷，这样可爱的色彩只能在菲菲睡眠中才看得到。

她是个营养不良的孩子，醒来后，满面的红润会慢慢地消退掉，嘴唇也会恢复到原有的淡红。

柴丽娟在床的那头幽幽地咕哝："你有个孩子呢，我还没有呢。"凤毛没好气地顶她一句："谁让你不生的！"柴丽娟沉默了，然后说："你今晚火气好大哦！ 告诉我，谁让你生这么大的火？"凤毛叹了一口气说："唉，天气不好，心情不好，生意不好……"柴丽娟把声音放低一点说："你这个人不安分。 一个女人，该做人家老婆的就做老婆，该做人家二奶的就做二奶，要求不要高，踏踏实实地过日子。"凤毛说："你真是这样想的吗？ 我看你未必这样想得通。"柴丽娟摇摇手，说："我认定了一件事就不变了。 你是个白骨精，会变来变去。"凤毛说："我还算年轻。 女人到了四十岁就走下坡路了。 我还有十年的时间，就是不安分，也只是十年。"柴丽娟说："行了！ 你是什么人？ 我也不安分过的，现在不是安分了？"凤毛说："其实，我要求并不高，算不上不安分。"柴丽娟说："菲菲的爸爸有什么不好？ 上菜市场买小菜，拿了钱全交给你，还给你搓洗短裤。 我看你不如复婚吧。"凤毛说："人家有对象了……挺漂亮的一个人。那天我在路上看到他们了，下着小雨，两个人撑着一把伞，搂得紧紧的。"

柴丽娟想起当初被她扔掉的丈夫，淌起了眼泪。 她淌眼泪的原因是她前夫到现在还是一个人，她给他钱，找他睡觉，他自尊心很强的样子，说，我不认识你。 柴丽娟红着眼睛，动静很大地下床，到卫生间去处理脸面。 再回到床上的时候，她出其不意地说："董长根今天找你了吗？"凤毛不说话，她就自言自语地说："看来我没猜错。"

轮到凤毛下床了，她也上卫生间。 她把卫生间的门轻轻关上，手扶梳妆台的大理石台面，在镜子前面垂下头来。 她的心一个劲地抽搐，带来一阵又一阵的酸楚。 她以为这抽搐永远不会停止了。

过了一会儿，她从卫生间里出来，对柴丽娟说："晚上打烊过后，我到董长根办公室里去了。 他值班。"上了床，她继续说下去，"我说了一些不该说的话……"柴丽娟打断她，说："你不要总是责怪自己。 你只是没有经验，多玩几回就成熟手了。"凤毛躺下来，说："他会怎么想我？"柴丽娟说："他会想吗？ 他一到家里就把你忘干净了。 男女的事，谁先忘了，谁就得胜。 你也别太在乎，你是一副福相呢，有后福。 你看你的脸，颧骨一点点大，简直看不出来，这就是福相。 你看我，颧骨这么高，注定要守空房。"

说完这句话后，两个女人再也不想说话了，今天的谈话空落落的，世界真大，什么样的豪言壮语都会失踪，何况两个女人的感叹？ 她们一声连一声地无聊地叹气，不知什么时候都睡着了。 夜晚，关了灯以后，屋子里并不会完全安静下来，墙壁上还有白天和灯光留下来的残余的荧光，各式各样的家具也会释放出白天接受的响声。 总而言之，女人不安静，世界不安静。 这两个女人在鬼魅的轻响里睡着，睡在枕头上，自己更像一只大枕头，拙而性感。

翌日清晨，凤毛带着菲菲先起来梳洗。 她一边给菲菲扎小辫一边哄话："给我们菲菲扎好漂亮的小辫子。 菲菲好漂亮哦！ 菲菲长成一个大美人。 菲菲嫁给一个百万富翁……"她从镜子里看见对面墙上挂的日历还是昨天的，一回手，就把日历撕了。 今天是星期五。

柴丽娟躺在床上叫："凤毛，夜里回来当心点。 包里不要放钞票。 你应该买辆自行车了，走路的女人容易出事。"

凤毛把菲菲送到幼儿园，给母亲打了个电话，让她下午到幼儿园去接菲菲。 母亲照例要在电话里埋怨两句："现在的女人真是不知道怎么做女人，我那时候一个人就拖大了你们几个……也不显得如何慌忙。"

她现在这么啰唆，倒是显得很慌忙。 她一辈子自以为好强，其实也是个小女人。 是个怨气冲冲的小女人。 她让世界听到的音量总是最高的。 凤毛把店铺门打开。 老天爷阴沉着脸，灰暗的云层里头透不出一点让人欣喜的光辉。 凤毛仰头看看天，想：明天会是好天吧。 我和天打个赌，明天若是出太阳的话，我的日子就会一天比一天好过；若不会出太阳，我的日子就不会好过起来——反正也不怎么好过。

正这样胡思乱想着，一辆摩托车咆哮而来，在小店门口戛然而止。 这么气派，正是董长根。 他从车子上下来，再从口袋里掏出墨镜戴上，很夸张地，这是他一向的做派。 凤毛拿了一块抹布擦柜台，头也不抬地问他："还是要那种烟吗？"她忽然觉得疲惫，想打哈欠，就掩住嘴巴打了一个哈欠。 董长根不说话，从小边门里钻了进来，站在凤毛身后，关切地问："要不要进货了？"凤毛回答："不需要，生意不怎么好。"董长根迟疑了一下，说："你总是这样不行的。这样吧，我让老单退还你两个月的租金，你到别处去做。"凤毛不说话。 董长根一眼不眨地看着她，显得多情地说："你这个人，该说的不说……你是不是想说，找不到工作？唉，谁让我碰上你这么个人，我来替你找找看吧。"董长根的语气中带着故作的欣快，他是想让凤毛高兴起来。 凤毛心情淡淡的，低了头说："谢谢你，我总是麻烦你。 我不想到别处去找工作了，到处都是一样的。"董长根有些失望，在凤毛身后转啊转的，转了一阵，向凤毛要了两包烟，走到外面，回过身，对凤毛说："再给我拿两包。 今晚我替小刘值班，这小子一大早打电话请假，他老婆给他生了个儿子……今晚我值班。"

凤毛看着董长根，董长根也看着凤毛。 凤毛想：他告诉我这个消息干什么呢？ 他到底想干什么？ 董长根也在想：我告诉她这个消息干什么呢？ 我又不想和她干什么。

两个人同时把眼睛看向了别处，愣了一会儿，时间若有深意地"咣咣"而过，响得令人发聩。 一时混沌，一时又清明起来，两个人再次相看一眼，风平浪静的，好像什么都没有了。

　　董长根开着摩托车走了，凤毛伤感起来，有理由又没理由的伤感。只是伤感。无可遏制的伤感，无边无际的伤感，小到针尖一样的伤感，微痛的伤感，肢解的伤感，伤感到不能呼吸，伤感到新生……凤毛无可奈何地苦笑了一声，她有理由苦笑：人，都是寂寞的！寂寞时候的脆弱多数不可信。

　　凤毛打起精神，把注意力放到小店里。她得微笑，对顾客，要真诚地满足现状地微笑。

　　今天是星期五，明天和后天是休假的日子。休假的时候，凤毛的小店会忙碌起来，胡老师的约会还在。

　　一天很快就过去了，今天一整天凤毛都是忙碌的。晚上九点半，她把店门关了。走到巷子里，前面是秀园，后面是董长根值班的派出所。秀园黑黝黝的像个无底深渊，派出所里有明净温暖的灯光。秀园让她害怕，派出所里的灯光更让她害怕。两者之间，她更愿意选择秀园。就是说，她想回家，她的灵魂深处选择回家。

　　她无比勇敢，轻快地向秀园的边门里跨出脚步。她跨进去了，即使在黑暗里，她还能分辨出里面的东西：南边的四棵花树，北边的铆钉大门。门边守着两头石狮子，一头雌一头雄。雄的玩圆球，雌的抱一头小狮子。她记得花树中有一棵是柿树，阳历五月份会开绿色的花，花瓣是绿的，花蕊是白的，像一个清清白白的大姑娘。还有一棵是石榴，也是五月份开花，橘红的石榴花形态如女人的裙子，风一吹，千百条石榴裙迎风舞动，要把男人一网打尽的模样，与柿子花恰成对比。 她小的时候，还经常看见院墙上站着野鸽子，小小的头，走动的时候头颈柔媚地一伸一缩，脆弱、阔绰、骄气。

凤毛做梦一样走出秀园。 且慢，她很快又要回来了。

她刚走到秀园东边的小巷子，背后就顶上了一把刀，她手脚一阵冰凉，脊背上一阵刺痛。 她碰上打劫了。 穷人碰到打劫是浪漫的，打劫让你恍惚觉得有许多钱。 但穷女人是个例外，因为女人可以附着在货币上流通的。

凤毛知道打劫她的人一定是昨天跟踪她的那个矮个男人。

"一米六"为了今夜打劫凤毛精心准备了一番：洗了一个澡，在身上拍了一点痱子粉，穿上干净衣服，带上那把他放在枕头底下壮胆的快刀。 最后，他穿上了一双增高跑鞋。这双跑鞋里面足足垫高了五厘米。 他第一次穿上这双鞋子出来的时候，遭到大家一阵猛笑，吓得他从此不敢穿上脚。 所以，这双鞋子是他第二次穿在脚上，还是崭新的。 昨天夜里他跟踪凤毛回来，就决定要穿这双增高鞋。 为什么呢？ 因为他细腻地发现，他只要穿上这双鞋子，两个人就基本上一样高了。 他认为自己在气势上已经压倒了凤毛，那么在身高上也不能输给她。 他在夜色的掩护下走出工地，感觉良好，温文尔雅，像个旧时代的绅士，而且，他的内心活动从未有过的丰富。 他看见两个骑车的孩子在一条四岔路口告别，他

们说:"再见,小鸟!""一米六"认为这句话太好了,他不停地大着舌头念叨这句话:

"再见,小鸟。"

他慢悠悠地在夜色里逛到秀园附近,找个地方半藏着,脸上带着等人的神情。他一点也没去想今晚的打劫会不会失败,甚至没想过应该提防些什么人。勇气高涨的"一米六"在秀园旁边的小巷子里劫持了凤毛,他成功了,他没遭到女人的抵抗。他把刀子更用力地抵住女人的背,命令她回到秀园前面的大院子里去,那里面一盏灯也没有,是附近最黑暗的地方。

他们来到铆钉大门前,在狮子后面站下来,靠得很近,像一对需要交流的恋人。"一米六"问:"钱呢?"凤毛把包递给他。"一米六"拉开拉链,手伸进去摸摸,说:"才这么点?你店里有没有了?"凤毛说:"全在这里了。今天的钱全在这里了。""一米六"想了一想说:"你带我去店里看看。"凤毛说:"那边有派出所。""一米六"回答:"我不怕。我跑得快。""一米六"说了这句老实话以后,不由自主地低头看看脚。他上过小学,在小学里是长跑冠军,每次比赛他总是光着脚丫子,怕把鞋子跑坏了。但是今天他穿着底这么厚的鞋子,肯定跑不快。如果要跑得快,必定要把鞋子脱下来拿在手上,那样的话是很不方便的。

"一米六"打消了到小店去的念头,那里离派出所太近了,那地方也不够黑暗。

他拿了包，刀子还抵在凤毛的身上——是抵在凤毛的肚子上，凤毛倚靠在狮子背后，奴隶一样，几乎是仰面朝着"一米六"。"一米六"突然发现今天穿了厚底鞋是多么英明，穿了厚底鞋以后，他比凤毛还略高一点。用目前这个姿势性交的话，是最恰到好处的。

他朝凤毛挪了挪，试探地靠近她。凤毛叫了一声，他做了个反常的举动：把包放到凤毛身上。凤毛没去接，皮包从凤毛的身上"啪"的一声掉到地上，声音来得突然，两个人同时吓了一跳。黑暗里经常会发生这种情况：两个人躲在暗地里想干些什么，突然地上掉下来什么东西，把两个人同时吓了一跳。

皮包掉下来的声音还引起了一个中年男人的注意。他路过这个阴森森的地方，原本就想快点走过，突然听见石狮子后面一声鬼响，忍不住停下自行车，把头颈伸长了朝石狮子这里凝望。他只是尽力地伸长头颈想远远地看出一点什么，满足一点好奇心，并不想朝发出响声的地方挪动一步。片刻之后，他觉得已经对隐藏着的危险没有兴趣了，飞快地骑上自行车跑了。

凤毛清清楚楚地听见自行车来了又去了，她喉咙发干，一只手求救似的紧紧攀住石狮子。"一米六"撩起凤毛的薄毛短裙，短裙到了腰里又掉下来。这么一个小小的来回，凤毛的白短裤像一道光似的在"一米六"的眼前一晃。"一米六"停住手不动了，凤毛的白短裤似乎对他构成了某种威胁。他有限地思考过后，觉得应该对白短裤和善一些，于是他把手伸进凤毛的短裙里，放在凤毛的胯部，犹豫地抚摸着质地柔软的棉布短裤。

凤毛浑身打战。 从这件事一开始，她就丧失了反抗能力。 她被人带进了一个与世隔绝的黑暗之地，这里的时间似乎特别漫长，漫长到令人倦怠，令人可以无视外在的恐惧。"一米六"战战兢兢地抚摸她的胯部，他的手温透过短裤传达到她的肌肤，并蔓延到她的心中。 在这里，他与她一起共有这方黑暗和恐惧，也似乎一同享受着抵御黑暗的快感。 凤毛慢慢地睁大眼睛，打量面前这个劫持她的男人，她的心中出现一种奇特的感受：温情——类似于爱情的温情脉脉。"一米六"的刀子还抵在她的肚子上，但是她知道"一米六"此刻是脆弱的，似乎有某种空间存在，使得凤毛转而控制"一米六"，凌驾于他之上——类似于爱情中的控制和被控制。

凤毛抓住"一米六"放在她胯部的手，把它移到耻骨处。 对她来说，这并不是用龌龊来了结龌龊，而是期望保持那种类似于爱情的感受。 她闭上眼睛，不想看见什么。 这个举动是多余的，"一米六"的脸影影绰绰，根本看不清楚。你把他想成胡老师也好，想成董长根也好，想成心目中的英雄心目中的王子，都可以。

一念之差，凤毛马上就后悔了，那只手一到了她的耻骨处就晕头转向，它开始撕扯她的短裤。 短裤扯下来以后，它又粗暴地按住她的胸，把她死死地按在石狮子背上。 不等凤毛完全感受到后背的疼痛，那只手又移到了她的头颈里，卡住了她的喉咙。 凤毛用尽全力弓起一条腿准备踢人，没想到被对方先踢了两脚，这两脚够狠的，使她一时不能动弹。 她感到男人热乎乎的身体开始进攻她，侵占她。 她快窒息了，她想喊，喊什么呢？ 胡老师，董长根……不，她喊不出他们的名字，他们不能给她增加力量。 她的手绝望地摸到了一样东西，是什么？ 是一头小狮子。 原来，她是仰躺在那头母狮子背上。 她摸到了小狮子圆滚滚的身体，想起了菲菲圆滚滚的身体，拼力一声大喊：

啊……

啊！ 她成功地喊出来了，震天一声。"一米六"方寸大乱，落荒而逃。

这园子又恢复了平静。 凤毛仰靠在母狮子背上，对它充满感激之心。 她手脚麻木，不停地喘粗气，无法平静下来。风一阵一阵地刮，抑扬顿挫地，浓浓淡淡地，似乎要刮到时间的尽头。 头顶上面，是秀园的屋檐，屋檐上面，是暗灰色的天空，天空板结得就如一块无法开掘的土地。

刚才那一声喊，没有惊动任何人。 董长根就在不远处值班，这一声喊也没有惊动他。

凤毛开始整理自己，衣服、包、脱落的一只皮鞋。 她摸摸头颈里，一条黄金细链不见了，就蹲下来到处摸索。 她现在已经不害怕什么了，秀园和它夜晚的黑暗不会给她增加脆弱。 她的手在地上摸索，眼睛好奇地到处张望。 她发现这里的黑暗是浅浅的，像黑色乔其纱，是半透明的。

她终于摸到了项链，项链脱了扣襻，有两处地方扭坏了。 至此，凤毛才想到刚才的一幕多么惊心动魄，她浑身的伤忽然痛了，到处都痛，她委屈得想哭出来。

她把项链放进包里，离开了秀园。 她走得很慢，没有回头看一眼。

这件事就这样结束了。

到了家，凤毛把自己泡在浴缸里。 浴缸里的水一直浸到她的喉咙口，她的身体变成一个小小的球，在水里漂啊漂啊。 她把头仰靠在浴缸边上，睡着了。 她又做梦了，她梦见她在浴缸里洗澡，一只硕大的灰白色的蝴蝶张开翅膀贴在天花板上，她的头顶上方。 蝴蝶的翅膀是湿的，它努力着，不让翅膀垂下来。 风在屋外吹着，把浴室里的玻璃吹得变了形，似乎马上它就要破窗而入。 一只蝴蝶和一个女人，焦灼的无助的这一刻……

凤毛醒了，蝴蝶和风都不见了。 她轻轻地擦干净身体，她的身体在灯光下闪烁着细碎的丝绸一样的光泽，它是无辜的。

若干年前，凤毛在公交车上被人从后面掀起了裙子。 有一次她被人偷看了洗澡；还有一次她坐在电影院的座椅上，邻座的邻座那儿伸出来一只毛茸茸的手，放到她的屁股底下。 清少纳言在书中这样写：

> 灵魂深处都有值得羞愧的事，不过是男人对于这个世界更具有想象力，所以羞愧的事就多了。这是我们好心的推测。再朝深刻的地方想去，如果女人的想象力比男人更丰富，那么女人也可以干一些伟大的事，譬如发动战争，或者强奸。

凤毛洗完澡出来，坐在那儿。 这下她觉得不再头轻脚重了，她从头到脚都均衡着，散发着不正常的活力。 她的身体呐喊着，要为她的精神申冤。

她打了一个电话给柴丽娟，电话响了很长时间，说明柴丽娟是被她从睡眠里叫醒的。 柴丽娟显得不情愿。"这么晚了还要出去？ 你太过分了吧？"她抗议，"你要到哪里去？好莱坞？ 巴黎？ 你一个人去好了。 我非得去？"她从凤毛的口气中感觉到不安，"好的，我马上起来。"她想，老天，又发生了什么？

凤毛不过是特别想看看菲菲，一个人走在路上有点害怕，所以让柴丽娟陪着。 柴丽娟说："我建议你不要去打扰她们。 我们可以找个地方喝点酒。"凤毛说："我想看她。"

结果也没有看成，凤毛在窗户外边哭了几声，拉着柴丽娟走了。 她歇斯底里的样子，让柴丽娟害怕。 柴丽娟想回去，凤毛不肯，凤毛想喝酒。 柴丽娟就把凤毛带到一家熟悉的小饭店，叫开门，半掩胸怀的老板娘身上还带着床铺的味道。 老板娘去睡了，凤毛自己拿了两只酒杯倒上黄酒，看了柴丽娟一眼，说："今天晚上不会出事的。"

这句话的潜台词就是：今天晚上会出事的。 凤毛的情绪左冲右突，只是她自己不太知道。 她只知道现在睡不成，需要用什么东西消磨时间。 这种状态下，她刚喝了一茶杯的黄酒就醉了。

接下来的事大致是这样：

凤毛大嚷着要找胡老师，一定要找，谁都别想拦住。 那么凤毛看见胡老师以后做了些什么呢？ 她愣了好一会儿，伸手向胡老师讨一万块钱。 不，不是讨，是借。 她听见胡老师说，什么钱不钱的，灌多了。 她劈脸唾了胡老师一口，痛斥他是个小人，小人是没有性别的。 所以胡老师简直不是个男人。

见过了胡老师，凤毛叫嚷着要见董长根。 她还记着他今天值班。 柴丽娟跟在她后面，一个劲地央求："凤毛，凤毛。 不要去找男人，我借钱给你。"凤毛不听，熟门熟路地摸到派出所门口，捶门，把董长根叫出来了。 还没来得及说话，凤毛一口唾到他脸上。 凤毛今天真是豪情满怀。 然后她哭了。

柴丽娟架着她朝家里走。 柴丽娟夸奖她："好样的。 你这样做就简单了。 我不喜欢那么复杂，我喜欢你这么简单。 一简单，事情就容易了。"

　　到天明，凤毛一觉醒过来，发现是躺在柴丽娟的床上。她浑身松懈，脑袋麻木，有些虚无。　柴丽娟在厨房里弄出做饭的声音，隔壁人家传过来贝多芬的《命运交响曲》，传到虚弱的凤毛这儿，倒像是背景音乐了。

　　柴丽娟出现在房门口。

　　凤毛有气无力地问："昨天我怎么了？"

　　柴丽娟说："昨天你好可爱啊！"

　　需要说明的是，昨天晚上，董长根确实是被凤毛唾了一口，但胡老师的脸还是好好的。　凤毛把一口唾沫唾到一个陌生人脸上时，胡老师正在被窝里张着嘴巴打呼噜。

　　所以我们不难猜测，凤毛和胡老师今后会怎样。　只要凤毛想安定，胡老师会给她提供安定的机会。　床笫间会不会再次发生悲剧，我们不清楚，但看凤毛会不会适时满足，会不会简单一些。

　　胡老师的约会还在那儿，就在今晚，秀园。

个人意志与现代性的角力

——叶弥小说略论

吴义勤

　　谈及叶弥的小说，"成长"或许是无法绕开的话题。 无论是其成名作中与成长之间千丝万缕的联系，还是她小说中总处于在场地位的成长主题，"成长"的烙印深深嵌在了叶弥的创作版图上。 但，或许这一标签在成就了叶弥文学创作的同时，也将其文学作品的深度、厚度做了简化处理，在一定程度上成为遮蔽冰山的海平面。

　　个人意志与现代性之间的"恩怨"是叶弥小说一以贯之的本质化呈现。 因为在叶弥的小说中，个人性格并非经历了严格意义上"进化论"式的成长，并非从幼稚走向所谓的成熟，而是与时代形成共振，表现在现代性不断深化的过程中个人的精神蜕变，个人意志与具有多副面孔的现代性之间的同步和矛盾。 也因此我们很难用变好了、变坏了、变成熟了、变幼稚了等这些简单的定义来概括个人的这一发展变化。

　　于是，时间在此过程中变得十分微妙，它既是本质化的存在，又似乎成了背景板，将舞台让给了粉墨登场的各色人物，给个人意志与现代性之间的角力提供了充分展示的场域。

卡夫卡的《变形记》给我们提供了现代性与个人意志之间典型的框架结构：完全意义上的个人、个人意志诞生于现代社会结构中，但吊诡的是，这种现代意义上的社会组织结构又反过来不断吞噬着个人意志。不过，叶弥没有卡夫卡那么绝望，她作品中的个人最终并没有彻底被异化，没有"成长"蜕变为另一种生物。

《文家的帽子》在中国历史波谲云诡的二十世纪三十至六十年代间展开，本篇小说篇幅不长，要容纳如此长的叙事时间段并不容易，就算能够做到，也很难处理得圆融、呈现得妥帖。叶弥用"帽子"这一意象串联起几十年的风云际会，将个人与现代性不同面向间的纠葛巧妙对应。

《文家的帽子》中的文老太爷，与巴金《家》中的高老太爷、老舍《四世同堂》中的祁老太爷，在对传统家族制度、封建文化的坚守上如出一辙。但叶弥更进了一步，开篇对文老太爷及其迷恋帽子的书写，是为了引出其唯一的孙子文觉的故事而做的铺垫。文觉继承了对帽子的执着，但作为叛逆子孙，在个人意志从封建束缚中被解放出来后，又将何去何从呢？

"在中国20世纪风云激荡的历史之中，帽子如影随形，左右着多少中国人的命运？"显然，当时间来到二十世纪六十年代的时候，"帽子"之于个人意志、命运的意义就不言而喻了。 时间继续向前，到了改革开放的二十世纪八十年代，个人意志不再受"帽子"的左右和影响，而资本成为此时现代性最重要的代言。

《成长如蜕》这篇小说，就讲述了心性单纯、善良的弟弟如何一步一步在商业大潮中"成长"的，弟弟的个人意志与资本的推拉、与商场生存法则的斗争具有显著的典型性。 不出意外，小说呈现了弟弟如何从鄙视尔虞我诈、唯利是图的少年，蜕变为游刃有余、驰骋商场的圆滑商人。 意外的是，结局处留给了读者无限遐思，蜕变后的弟弟并没有完全成为他曾厌恶的商人，他依然保存并视如珍宝的童年玩伴阿福的照片即为明证。 弟弟艰难的"成长"表明，个人意志与资本的较量并非只有你死我活的结局。

到了《小女人》这篇小说，叙事时间来到了二十世纪九十年代，个人意志与资本已经达成五花八门的求同存异的相处模式。 个人意志已充分接收到资本的冲击，而更大程度上呈现出在市场经济下的自我分化。 凤毛刚刚年过三十，因为受不了生活的索然无味和丈夫离了婚，却又遭遇了下岗的打击，还独自抚养年幼的女儿。 于是为了抓住生命中的"稻草"，凤毛周旋于前夫、五十多岁的胡老师（离异无子，有三室一厅的房子）、董长根（派出所副所长）之间。 但身为工人的前夫早就另寻他欢；胡老师符合凤毛追求的经济条件，却在第一次见面没有任何情感基础时就想直奔"主题"，让执着于追求情感平等的凤毛有所犹豫；董长根是凤毛心动的男性，却只愿在言语上与她调情，因为他知道"生活很糟糕的女人一旦出现在他的生活里，将带给他无穷无尽的负担"。

一切都被置于市场经济的杠杆上衡量，划不划算成为行动法则。"小女人"凤毛徘徊于经济法则与情感法则之间，具有范本性的典型意义。凤毛的选择和命运都悬置于道德伦理、人格尊严的临界点，经济法则不仅仅作用于自我，甚至成了建构主体自我的方式，具有了主体性地位，个人意志与现代性之间不再是二元对立的模式。

叶弥通过一系列小说完成了一个宏大命题的层层递进式呈现。之所以选用"呈现"一词，就在于叶弥并没有如卡夫卡般决绝，但也并非乐天派，而是力图呈现出现代性在不断展开时所展示出的复杂状貌。

叶弥在谈到《成长如蜕》时就曾说："这篇小说，平铺直叙，可以说没有技巧。但是写完以后我很满足，因为我道出了世界的真相，我敢写生活的正反两面，我也敢写人物个性的每个侧面。不是猎奇，不是批判和否定，不是歌颂和肯定，只是追求完整。只有做到这一点，小说才是完整的，作家才是完整的。"

所以，在叶弥的小说中，我们看到个人意志在与现代性推拉的过程中，呈现出了现代性复杂的多面性：既有异化的威胁，也有丰富的生产、创造能力；既有强烈的破坏能量，也有巨大的再造动能；既有旧事物的恐慌和新事物的渴望，也有旧事物的坚定和新生主体成长的阵痛、迷惘。

　　叶弥的创作使得自我的建构呈现出极其复杂又引人入胜的状貌。

图书在版编目（CIP）数据

成长如蜕/叶弥著；吴义勤主编. —郑州：河南文艺出版社，
2021.4

（百年中篇小说名家经典／何向阳总主编）

ISBN 978-7-5559-1093-0

Ⅰ.①成… Ⅱ.①叶…②吴… Ⅲ.①中篇小说–小说集–中国–
当代 Ⅳ.①I247.5

中国版本图书馆 CIP 数据核字（2021）第 038317 号

丛书策划　陈　杰　杨彦玲

本书策划　梁素娟　　　　　　责任校对　梁　晓

责任编辑　梁素娟　　　　　　责任印制　陈少强

丛书统筹　李亚楠　　　　　　书籍设计　书籍/设计/工坊
　　　　　　　　　　　　　　　　　　　　刘运来工作室

成长如蜕
CHENGZHANG RU TUI

出版发行　河南文艺出版社

本社地址　郑州市郑东新区祥盛街 27 号 C 座 5 楼

邮政编码　450018

承印单位　河南瑞之光印刷股份有限公司

经销单位　新华书店

开　　本　787 毫米×1092 毫米　1/32

印　　张　6.75

字　　数　122 000

版　　次　2021 年 4 月第 1 版

印　　次　2021 年 4 月第 1 次印刷

定　　价　32.00 元

印厂地址　河南省武陟县产业集聚区东区（詹店镇）泰安路

邮政编码　454950　　　电话 0371-63956290